JN088330

玄関前で顔の良すぎる
ダウナー系美少女を拾ったら２

ななよ廻る

角川スニーカー文庫

24118

本文・口絵イラスト／40原
本文・口絵デザイン／杉山絵

第1章　ダウナー系美少女が登校しなかったら

「ねぇ、日向《ひなた》君。鎖錠《さじょう》さんと喧嘩《けんか》でもしたの？」

クラスメートの女の子に、そう訊《き》かれたのは九月中旬。

怠惰で、安穏とした夏休みが終わり、二学期に入ってから二週間後のことだった。

椅子に座り、ぼーっと天井を仰いでいた僕は、緩慢な動きで彼女を見る。

おずおずと、どこか気を遣うようなクラスメートに、ゆるゆると首を左右に振った。

「してないよ」

……多分。と、心の中で付け加える。

「本当？」

疑わし気に彼女が見るのは、僕の隣。

ぽっかりと空っぽになった、鎖錠さんの席だった。

釣られて隣を見たら、心に隙間風が吹いたように物悲しさを覚える。かれこれ一ヶ月、毎日欠かさず口から零《こぼ》れてしまうため息をはぁっ、と今日も吐き出す。誰にも誇れないノルマ達成。

パッタリ、と。

鎖錠さんが姿を消した。

学校から。我が家から。突然。音沙汰《おとさた》もなく。

なぜだろうって。

考えても理由は不明瞭《ふめいりょう》で、冷却機能のない頭は、夏の暑さにやられて早々に考えるのを止めた。

家に来なくなったのは八月も半ばを過ぎた頃。

ちょっとした行き違いというか、すれ違いというか。そのことを思い出すと、なにをやっているんだと羞恥《しゅうち》で全身が痒《かゆ》くなりそうなので記憶に蓋《ふた》をしつつ。

なんやかんやあって雨に濡《ぬ》れて、風邪を引いて寝込んだ後のことだった。

鎖錠さんに看病をしてもらって、元気になるのをキッカケにしたように、鎖錠さんが家に来なくなってしまった。

朝来なくって。

そういう日もあるかって思う。

昼になって、来ないなーってゲームをして。

夕飯時になってもインターホンが鳴らないので、割とのんびりな性格だと自覚している僕も『これはなんかおかしくない？』と疑問を抱くようになった。

それが二日、三日ともなればその疑問は確信へと変わって、気付けば教室の天井を見上げて魂を放流させている現在に至る。魂が可視化できるなら、口から出てるんじゃなかろうか。

なにか気に障《さわ》ることしたかなぁ。

してないよなぁ……って、最初は思ったけれど、理由があったとはいえデートして暗に楽しくなかったと言ったり、熱に浮かされて無断で手を握ったり。

やってるなと思う。けど、来なくなるほどのことか？　とも。

それとも、鎖錠さん側になにかあったのか。

連絡先一つ知らない僕は、確認する術《すべ》も持たず、やきもきしながら授業を受ける日々を送っていた。もちろん、そんな状態ではまともに授業なんて聞いているわけもなく、当てても答える素振り一つ見せない僕に「……バケツに水を入れて、廊下に立たせるべきかしら？」と、額に手を当てて半ば本気っぽく先生が零していた。

それはそれでやってみたいな、と拡散する意識の中で思う。

「……急に来なくなったから心配で」

優しいクラスメートだ。

「十中八九、日向君が浮気《うわき》したからだって、女子の間では噂になってるんだけど」

「…………いや、ちょっと待って」

最低なクラスメートだ。

「なに神妙な顔で風評被害垂れ流してるの？」

あらぬ噂過ぎる。ちょっと煙が立っただけなのに、どうして直《す》ぐ火事だ爆弾だと騒ぎ出すのか。

「男女の喧嘩は男が悪い……」

「そういう態度が男を頑なにさせるって気付いて？　それと、付き合ってないし、喧嘩もしてない」

「あ。カレカノについては、私たちの中で○ックスまでイッってることになってるからどうでもいい」

「おい」

よくねぇよ。妄想を現実に落とし込むな。ナマモノは取り扱い注意だぞ。耳を塞《ふさ》ぐな。

「ちなみに二番目の噂は妊し――」

スパンッと、茶髪の癖にピンクな頭を思いっきり叩《はた》いた。

たとえ女子相手であろうとも許される。そのレベルの発言である。

うえーん叩かれたーと泣き真似をして頭を抱える彼女に、まったく、と疲労と共に息を吐き出す。

クラスの女子たちにも困ったものだ。

ただ、と。

本当に僕が悪くないか、というのは断言できなかった。

鎖錠さんに会えない以上、確認する術はなく、確信を持って言えることはここ最近顔を合わせていないという事実だけ。

鎖錠さんもなぁ。

いなくなるにしても、せめて理由ぐらい説明してくれればいいのに。

そう思うも、そもそもとして相手の事情に踏み込まないという暗黙の了解を受け入れていたのは僕自身で、不都合になったからといって文句を言うのはお門違いなのはわかっている。

今になってつくづく思う。

僕と鎖錠さんの関係は、一方的なモノだったんだな、と。

朝起こしてくれるのは鎖錠さん。

お弁当を作ってくれるのも鎖錠さん。

家に泊まっていくのも鎖錠さん。

そして——抱きしめてくれるのも、いつも鎖錠さんからだった。

だから、鎖錠さん側から接触を断つだけで、一度も顔を合わせず日常を送れてしまう。

鎖錠さんからの触れ合い。けれど、僕側からなにか行動を起こすことはなかった。

あの雨の日を除いて。

まさか、ずっと一緒に居なきゃ駄目だと思った後に、こうも早く鎖錠さんのほうから離れていくなんて思いもしなかった。

これは、あれだろうか。

別に僕なんて居なくっても大丈夫という意思表示だろうか。塞ぎ込みそう。

机に顔を伏せる。抱えた腕の中に隠すように顔を埋《うず》める。

「……鎖錠さんがいいなら別にいいんだけどさぁ」

けど、けど。

納得しきれない部分があって、でも、気持ちはあやふやなままで。

形にならない言葉があるのに、続けられないまま、けど、と心の中で繰り返す。

なんとかしたいと思う。

ただ、鎖錠さんが望んでいないのなら、無理に引き留めようとは思えなかった。それは、僕自身、人付き合いを億劫《おっくう》に思い、他人への執着が薄いからなのかもしれない。

相手の意思を変えさせてまで『一緒に居たい』という心の熱量が欠けていた。

改めて分析した自分に、「薄情だなぁ……」と口から声が零れる。

まだ近くにいたクラスメートの女子が「やっぱりなにかやったの？」と眉《まゆ》をひそめて訝《いぶか》しむ。やってません。

せめて口実があればなぁ。

どこまでいっても他人任《ひとまか》せ。そんな自分が嫌になる。

けれども、願わずにはいられなかった。

そこに、担任の先生がひょっこり顔を出すと、僕を見つけて手招く。

「ちょっといいかしら？」

なんだろう。遂に水の入ったバケツを持って廊下に立たされるのだろうか？

今昼休みだから、せめて午後の授業が始まってからにしてほしいのだけど。

あぁ、だるい。

椅子から重い体《からだ》を引き剝《は》がし、どうにか立ち上がる。

のそのそと歩き出す僕に、クラスメートの女子が口に手を当ててなにかに気付いたようにハッと目を見開く。

「まさか先生との浮気がバレて……！」

「違うから」

「ちょっ……⁉　止《や》めなさいそういうの！　このご時世、冗談でも洒落《しゃれ》にならないんだから！　ようやく始まった教師人生、まだまだ辞めたくないんだから！」

聞こえていたらしく、素《す》っ頓狂《とんきょう》な声を上げる先生。

「これそういうのじゃないから！　違うのよ！　絶対に勘違いしないで⁉」

周囲の生徒にまで否定する担任の先生。その背中を押して教室を離れる。

わかってるわかってる。

だからこれ以上は止めてください。逆に怪しいから。僕まで火傷《やけど》しそうだ。

■■

「ぜぇ……ぜぇ……ごほん。失礼したわ」

荒い呼吸を整えた先生は、咳払《せきばら》いをして取り繕う。

興奮して赤くなった顔はどうしようもないが、少しは落ち着いたらしい。

「あんな冗談真に受けないでくださいよ」

「……いい？　教えてあげる。女子の冗談は、時に真実になるのよ。嘘とわかっていてもね……」

なにやら遠い目をする。

辛く、郷愁に駆られた瞳《ひとみ》で何を見ているのか。

とりあえず、女子って怖いな、というのだけは察せられた。

「ま、まぁ。それはいいわ」

本題ね？　と先生は改めて軌道修正する。

「鎖錠さんについてなんだけど、なにか知らないかしら？」

またか。しかも先生にまでも。

辟易《へきえき》する。別に僕は鎖錠さん担当になった覚えはないんだが。

「……僕に訊《き》かれても困るんですけど」

「だって、一番仲良いわよね？」

そうだけど。

だからといって、なんでも知っているわけじゃないし、むしろ知らないことの方が多い。

そんなんだから、鎖錠さんが会いに来ない理由もわからなくって……はぁ。

「仲良いって、なんですか？」

「な、なにか暗いわね？　なんかごめんね？　飴《あめ》食べる？」

「いります」

貰《もら》える物は貰う。

素直に言うと、眉根《まゆね》を寄せて『こいつはぁ……』みたいな顔をした先生が、ポケットからビニールに包まれた飴を手渡してくれる。

飴玉《あめだま》の個別包装には『リラックスのど飴』と書かれていた。

なに味だ、これ？

手の平に載せて首を傾《かし》げていると、急に先生が「はは……」と乾いた笑いを零《こぼ》す。

「……学年主任がさ、訊いてくるのよ。『なにをしていたんですか？』って。鎖錠さんが登校して来た時には『よくやってくれました』って褒めてくれたのに。『皆さんも彼女を見習うように』って、言ってたのに。来なくなった途端これってさぁ……うふふ。いやぁね？　私なにもやってないんだけど……あはは」

「なんか、……ごめんなさい」

反射的に謝ってしまう。

鎖錠さんを登校させた身としては、居た堪《たま》れないモノがあった。

いや、悪いとは思ってないんだけど、身につまされるというかなんというか。

うふふ、と暗い笑みを浮かべた先生は、「じゃあ、はい」と一枚のプリントを手渡してくる。

なにこれ。

差し出されるがまま受け取って、タイトルを読み上げる。

「三者面談のご案内……？」

見覚えがある。というか、朝貰った。

「二枚目なんていりませんけど？」

若いのにボケが……と、可哀想なモノを見る目を向けると、「違う違うっ」と焦ったようにブンブン手を左右に振る。

「鎖錠さんに渡しといて。ついでに鎖錠さんの様子を報告してくれると助かるわ」

……………。

当たり前のように言われて言葉が出てこない。

渡したからと、そのまま平然と帰ろうとする神経がわかんない。

「いや待ってくださいよ。どうして僕が？」

「……え？」

なにそのわからないの？　って反応。僕の方がわからない尽くしだ。

わかるわけないでしょうが。心が読めるわけじゃあるまいし。

「同じマンションみたいだし、仲良いから」

「小学生じゃないんですから……」

呆《あき》れる。

言っといてなんだが、今時小学生だって仲良いからっていう理由で、友達経由で休んだ子にプリントなんて渡さないと思う。

学校の校風が古いのか、先生の常識が古びているのか。

バケツ持たせて廊下に立たせるなんて発想する辺り、後者なのだろうけど。

「昭和生まれとか言いませんよね？」

「ピッチピチの新任教師ですが⁉」

言葉選びが昭和なんだよなぁ。

プンプンスコスコ怒りながら「任せましたからね⁉」と声を荒らげて去っていく。

肩を上下させる先生を見送り、横髪を梳《す》くように側頭部を撫《な》でる。

「了承はしてないんだけどなぁ……」

ぺらんっ、と揺れるプリントを見下ろす。
面倒だ。抵抗がある。気まずい。
ただまぁ、丁度いいのかもしれないとも思う。
なんとかしたい。そう願う僕の背を押すように。
はからずもキッカケができてしまった。

で、放課後。
マンションに戻ってきた僕は、鎖錠さんちの玄関前で顎《あご》に手を添える考える人ポーズで
ソワソワと忙しなく歩いていた。
うろうろちょろちょろ。
インターホンのボタンを押す。
ただそれだけのことなのに、まるで自爆スイッチを押すかのような重苦しい緊張が心臓
をきゅうっと締め付ける。
「インターホンを押す……プリントを渡す……それだけ。それだけ……」
ブツブツと呟《つぶや》き、同じ場所を円を描くように歩く様は、傍《はた》から見たら不審極まりないだ

ろう。

ただ、今の僕に他人の目を気にかけている余裕はなく、手の中に握られたプリントがくしゃくしゃになっていることにすら気が付いていなかった。

「あぁ……ヤバい、……なんかお腹痛くなってきた」

へその上辺りを撫でる。これまでの人生で感じたことのない緊張に、胃が悲鳴を上げていた。

久しぶりに顔を合わせてなんて言えばいいのか。

素直に『元気だった？』とか？

それとも、『どうして急に来なくなったの？』と訊いてみる？

でもそれは、問い詰めているようにも受け取れるし、カラカラに渇いた喉《のど》から発せられる声は、冷たい印象を与えてしまうかもしれない。

嫌だなぁ。本心をそのまま伝えられない、言葉という伝達手段の不完全さを嘆く。

じゃあ心がそのまま伝わってしまっていいのかというと、そんなこともないわけで。

世界中の人々がネットワークみたいに繋《つな》がって、思ったことがそのまま伝わるなんてことになったら、一生部屋に閉じこもって出てこない自信がある。

言葉というのは、未完成だからこそ完成されているんだな、となんだかよくわからない結論にたどり着く。……なにを考えてたんだっけ？

そうだ。

鎖錠さんに会ってなにを話すかだった。

ただ、仕切り直して考えると、そもそもとしてインターホンを押したところで鎖錠さんが出てくるかわからない。鎖錠さん母かもしれないし、鎖錠さん父かもしれない。

父親に関しては、見たことも聞いたこともないので、存在しているのかすら疑わしいのだけど。

あれ？　誰が出てきても困るな。詰みでは？　ガチャ確率に不備がある。

だいたい、鎖錠さんは家にいるのが嫌だから僕の家に泊まっていたりしたわけで。

彼女が出てくる可能性は限りなく低かった。

だからといって、じゃあどこいるの？　というと、皆目見当が付かない。一ヶ月前までは僕んちだったのが、遠い昔のようだ。

ほんと、鎖錠さんについてなにも知らないなぁ、と改めて思い知らされる。

なんかもう郵便受けにでも突っ込んどけばいいかな。

なんて、尻込《しりご》みしてしまう。弱腰な考えが頭の隅っこにチラつく。

けれども、そういうわけにいかない。

「先生からの頼まれごともあるしなぁ」

ただ、それだけじゃなくって。

やっぱり、このままは嫌だなぁって思うから。

キッカケを与えられたのに、自分から行動しないまま時間だけが過ぎて関係が希薄になっていく。

他の誰かならそうした。けど……。

「プリントを渡す。鎖錠さんの様子を先生に報告する」

それだけだ。うん。それだけ。

大したことじゃないと自分を鼓舞する。

先生については……なんだか面倒を押し付けられた気がしてならないのだけど、まぁいい。よくないけど。いい。

「よし。じゃあ押そう」

気持ちはラスボス前で『準備は万端ですか？　ここから先は進むと引き返せなくなります』という無機質なアナウンスが流れた時の心境だ。

あれ、間違いなく万全なのに、心配になって必ず『▶いいえ』を選択してしまう。もしかしたらと恐れてしまう。心配性というよりは、度胸がないんだなという自己分析は正確だろうなって思う。

ただ、ここはゲームではなく現実で。

セーブもロードもない世界。やり直しはできない。

『▶いいえ』を選んで引き返すことはできても、相手はゲームのように同じ場所、同じ時間で律儀に待っていてはくれない。次なんて、ありはしない。

「いざ……」

だから、今、覚悟を決めるしかなくて。

人差し指を立てる。

そのまま『準備万端ですか？』の『▶はい』を震える指で押し込もうとして……して……

……。

「…………」

……………。

「や、やっぱり明日《あした》でいいかなー、うん」

日和《ひよ》った。

「べ、別に今日渡してとは言われてないし。今直《す》ぐじゃなくっても、明日でもよくって。

それこそ明後日《あさって》だって、一週間後だって変わらないし？」

ね？

誰に言い訳して同意を求めているかは定かじゃないが、言いようのない罪悪感と、独特の安堵感《あんどかん》がない交ぜになって冷や汗が止まらない。

そんな心の動きに気付かないフリをして、ブリキの兵隊のように片足を軸にくるりと百八十度回転。

尻尾《しっぽ》を巻いて鎖錠さんちの玄関から離れようとした瞬間、

「のぎゅわっ⁉」

ドアが勢い良く開いて、背中をしたたかに打ち付けた。

そのまま廊下と熱烈なキス。うぎゃぁ。

「いったぁ……」

打ち付けた鼻を涙目で撫でる。

絶対赤くなってるよ。鼻血出てない？　大丈夫？

人んちの前で十分も二十分も右往左往してたらこんなこともあるか。完全に僕が悪いし、なんならまんま不審者。

なので、咎《とが》める気はないが、相手は気になる。

鎖錠さん？　鎖錠さん母？　それとも、☆3最高レアリティの鎖錠さん父？

扉に向けてお尻《しり》を突き出す、四《よ》つん這《ば》いの情けない体勢のまま、肩越しに顔だけ後ろを向かせてドアを開けた人を確認し――

「は？」

と声が零れた。

目を限界まで見開く。痛いほどに。

それほどまでに信じられなかった。

「あれ？　兄さんじゃん。なにやってるの人んちの前で。お尻なんか突き出してさ。ストーキング？　蹴《け》っ飛《と》ばしてほしいの？」

雪原のような銀髪を煌《きら》めかせた不肖の妹。

幼さの残るキョトンとした顔立ちは間違いなくマイのモノで。

最高レアリティどころか実装すらされていなかったバグキャラに絶句していると、「そーい」という気の抜けた掛け声と共に、マイの厚底靴がお尻に突き刺さった。

いた――ッ!?

突き刺さる痛みでお尻を押さえながらどうにか立ち上がる。

だいたい一年ぶりに会った実の兄にすることか。これが。

恨めしげにマイを睨《にら》むが、半眼で「あっはっはー」と笑うだけで、効果の程は期待できない。

中学一年から二年へ。

思春期の少女が成長するには十分な時間だというのに、中身も見た目も全く成長していない。フリーダムで、奔放そのものな妹様。

張った胸はぺたんとしていて、育っていないのは可愛げがあるのだけれど。

と、いうかだ。

「なんでお前が鎖錠さんの家から出てくるんだ⁉」

意味がわからないと言うと、ふへーっと馬鹿にしたように笑われる。

「意味わからん度合いは、義姉《ねえ》さんちにお尻突き出してた人の方が上でしょう」

「そりゃそうだけど……！」

事実だから言い訳できない。

だけど、別に好きでお尻を突き出していたわけじゃないのだ。不慮の事故である。

そもそも、マイが開けたドアにぶつかって倒れたんだから、マイにも責任の一端《いったん》があるのに、その態度はなんなのか。『じゃあ、なんでドアの前に居たの？』なんて質問されたら、なにも言えなくなるので文句を言えないのが口惜《くちお》しい。くそぉ。

「で、なに。本当に義姉さんのストーキングしてたの？」

「してねーし。つーか姉さんってなに？」

尋ねるも聞く耳は持たず「やーい、へんたーい」と罵倒《ばとう》されたため、「うるせー！」と子供のように怒鳴り返す。

ほんと。どうしてマイがいるのか。

北海道から東京までは気軽に来られる距離じゃないだろうに。兄さんなにも聞いてないんだけど？

だいたい、僕も鎖錠さんの家に入ったことはないのに。

なんだかお腹の底で妙な苛立《いらだ》ちが燻《くすぶ》る。

すると、

「……どうしたの？」

と、耳慣れた低音ボイスが聞こえてきて背筋がゾワッとする。

扉の陰《かげ》から顔を覗《のぞ》かせたのは、会いたかったような、会いたくなかったような。

正真正銘、間違いようもなく鎖錠さんだった。

久しぶりに聞く鎖錠さんの声に緊張と安堵《あんど》の両方を抱いて、顔がこわばるのを感じる。

なに言おう。再び苦悩が顔を出す。

けれど、その悩みは直《す》ぐに霧散することになる。

玄関扉の陰から鎖錠さんが出てくる。顕《あらわ》になったその姿に――心臓が止まるかと思った。

「――」

「……え。り、リヒト……あ、いやっ。なんで……!?」

――メイド服だった。

しかも、カチューシャを着けたクラシカルスタイル。

黒と白のフリルの揺れるメイド服は、クールな黒髪美人の鎖錠さんと相性バッグンであった。

黒薔薇《ばら》の装飾が添えられたレディースシューズも良く似合う。

全身メイド服に包まれているが、胸部の主張は健在。衣服の上からでもハッキリと形のわかる乳袋は、脱いだ時とは違うエロスが宿っていた。着衣巨乳神では？

上から下に。下から上に。

気怠《けだる》げなメイドさんを全身舐《な》め回すように眺めた後、整った顔で視線はピタリと止まる。

薄く化粧をしているのか、唇にはルージュが塗られ、いつもよりも瑞々《みずみず》しく艶《なま》めかしい。

チークが塗られているのか、頰は赤く彩られていき……ん？　進行形？

よくよく見ると、唇をわなわなと震わせ、今まさに頬に朱が差していくところであった。

あ、恥ずかしがっているのね。

「いや、あの……鎖錠さん？」

「〜〜……っ」

羞恥《しゅうち》で肩を震わせる彼女になんと言えばいいのか、半端に伸ばした手では答えは摑《つか》めない。

ので、

「えっと、……似合って、ます……よ？」

「────〜〜〜……ッツッ！！？」

思ったままを口にすると、遂には涙目に。

エプロンをぎゅぅぅうっと握り締めて俯《うつむ》いてしまう。

えーっと？

状況が理解できず、半端に手を伸ばしたまま困惑するしかない。「ひゅ〜！　た〜らし〜」と妹が茶化してくるが無視する。うるさい。

なぜか妹が居て。どうしてか鎖錠さんはメイド服で。

現状把握に努めようとするも、事実を列挙するほど意味がわからなくなっていく。なんだこの混沌《カオス》。

闇鍋《やみなべ》もかくやな状況に思考停止していると、鎖錠さんは耐えきれなくなってしまったらしい。

扉の陰に戻って逃走を図ろうとするが、「こらこら逃げるなー？」とマイの手によって猫のように首根っこを掴まれ阻まれていた。妹強いな。

「放して……！」

「お断りしまーす」

ジタバタ暴れて逃げ出そうとする鎖錠さんを引っ掴んだまま、マイは僕を見て快活に笑う。

「まーなんで兄さんがいるのか知らないけど」

「……そりゃこっちの台詞《せりふ》だ」

完全に鎖錠さんを猫扱いしているマイに小さく動揺するが、言いたいことは言っておく。

鎖錠さんと妹。

この二人に接点なんてなかったはずだ。

妹は一年前まで一緒に住んでいたが、鎖錠さんと知り合いだったなんて聞いたこともない。

そもそも姉さんってなんだ？

愛称で呼ぶほど、親しい関係だったのか？

なんだか釈然としない。ムッツリと口の端が下を向く。

ただ、妹からすれば下降する僕の機嫌なんて知ったこっちゃないようで。

「丁度良かった」と口にして、空いている手でガシッと僕の肩を摑んでくる。

逃がさない。そういうように手に込める力は強く、鎖錠猫と同じように捕らえられてしまう。

逃げる気はないが、その行動に少々嫌な予感を覚える。

この妹様は、思考が普通の人と違う。

大気圏どころか、金星辺りまでぶっ飛んでいるので、なにを言い出すか分かったものじゃなかった。

子供の頃、お昼のバラエティ番組で放送していた某ネズミの国の特集を見て『わたしもいってくるー』と、お気に入りのウサギリュックを背負って出掛けていって、本当に遊んで帰って来た時には言葉も出なかった。

おみやげーとネズミのカチューシャを頭に着けられ、放心したのを今でも忘れられない。

当時、僕が小五、妹小三の時だ。年齢にして八歳。

冒険心に溢《あふ》れた一桁《ひとけた》小学生だ。いるかそんな小学生。いたんだけどさ。

そうした前科《エピソード》は枚挙にいとまがないので、逃げ道を塞《ふさ》がれると余計に身構えてしまう。

緊張で息を呑《の》む。

そんな僕とは対照的に、妹は今日の夕飯を頼むような気軽さで、予想通り、ぶっ飛んだことを言い出す。

「引っ越しするから、荷物運ぶの手伝ってね？」

………………………………………………………………は？

「…………は？」

第2章　side. 鎖錠ヒトリ　お隣さんの妹と出会ったら

マズイ。そう思いつつも、なにも行動に起こせない時がある。

私にとってそれは今であり、現在進行形で起こっている難問であった。

九月中旬。夏休みが終わり、二週間が経過していた。

夏休みの終わりと表現こそすれ、そもそもほとんど学校に通っていない私にとって、登校日も休みも大して差はなかった。

どちらも同じ。

部屋に籠《こ》もって耳を塞ぐか。

もしくは、当てもなく外を歩き回るか。

どうあれ、意味なんてない。ただ、嫌な現状から耳を塞ぎ、逃げているだけだ。

虚無な私の人生。意味があるのかなんて、哲学とも呼べない捨て鉢な考えが常に頭の中にあった。

そんな私のモノクロの人生に色彩が現れ始めたのは、六月の梅雨の頃。

私の誕生日に、隣に住むリヒトと出会ったからで——と、今はどうでもいい話だ。

「……なにしてるんだろう、私」

頭を抱えていた。

玄関前で。それも、自宅ではなく隣の家、リヒトの家の前でだ。

本当になにをやっているんだ、私。ますます首を下げて頭を抱える。

リヒトが登校した後。時間は九時を過ぎていた。

私はここ最近の日課となってしまった、日向《ひなた》家の玄関前で膝《ひざ》を抱えて、頭を抱えるルーチンを本日も達成していた。

わかってはいる。

相当におかしな行動をしていることは、私自身が一番理解している。

ただ、頭の中で『この行動は不審者でしかない。止《や》めよう』と命令を下したところで、気付けば座って頭を抱えているのだ。

なにそれ怖い。夢遊病かもしれない。

この行動が本当に理由不明で、無意識の内に行っているのなら、病気だと諦《あきら》めもつくのだが……いや、その結論で諦めたら本当にどうしようもないのだけど、そうじゃなく。

理由は……わかっている。

彼が、リヒトが私を迎えに来てくれた日。

生きる意味もなくなって、空っぽになった私を、強く抱きしめて形を失わないようにしてくれた。

バラバラになった人形。砕けた部品一つひとつを繋《つな》ぎ合わせるように。

砕ける前の私と、リヒトが直した私。

きっと、明確に変わったのはその時で、けれど、そのことに私が気が付いたのはリヒトから初めて手を握ってくれた時だ。

熱に浮かされ、彼から手を握ってくれた。

だらしなく微笑《ほほえ》むリヒトを見ていたら、手から彼の熱を奪うように全身が熱を帯びたのをしっかりと覚えている。

目眩《めまい》がして、世界がぐるぐる回って。

モノクロだった私の世界が、鮮やかに色付いていく。

世界が一変して、私自身、細胞全てが入れ替わったようだった。

私はきっと、あの夏に。

隣の君に恋をした。

「……なんて」

詩的な言葉を並べれば綺麗《きれい》に見えるが。

現実は、恋する相手の顔すらまともに見られなくなって、リヒトが居なくなってから玄関前で膝を抱えている。傍から見ればストーカーそのもので……いや、そういうのではないんだけど……でも、違う。違うはずで。

我に返ると羞恥で死にたくなってしまう。死のう、死にたい。誰か殺して。

自分の行動だけでも死を願ってしまうのだから、ここでリヒトと顔を合わせてしまったら……。

「死ぬ。絶対に死ぬ……」

出合い頭に飛び降りる確信がある。頭から。真っ逆さまに。赤い塗料を入れた水風船のように弾けて散る。

誰も通りかかりはしないが、膝の中に顔を隠す。赤くなった顔なんて、誰にも見られたくはなかった。たとえ、自分にさえも。

だからといって、このままでいいとは思っていない。

今日こそはと決意し、隣の家の玄関に赴き、膝を抱える。諦める。

次こそはと日を替え挑戦し、やっぱり膝を抱えて先送り。

遅らせる。延期する。保留する。見合わせる。引き延ばす。

……………。

気が付いたら、一ヶ月も経っていた。なぜだ。

その間、私がしていたのはリヒトの家の玄関前で羞恥《しゅうち》に悶《もだ》え苦しみ膝を抱えるだけで
……実質、なにもしてない。停滞以下の、虚無な日々であった。辛い。死にたい。

こんな虚しい行いばかりであっても、日々は経過する。重なっていく。

心の中には雪のように降り積もった『どんな顔をして会えばいいのかわからない』という気まずさ。一日、二日と過ぎていくにつれ、積雪量は避難勧告レベルにまで上っている。

それは残暑でも消えることなく、足跡一つない新雪。

これが本物の雪だったらどれだけ良かったか。雪かきはまだできそうになかった。

結果、リヒトが登校してから、彼の家の玄関前で頭を抱える日々を過ごしていた。

わざわざ登校した後で居座っている辺り、自身の情けなさが窺《うかが》える。そのことに気付くと、余計に焦る。

「……ダメだ。どうにかしないと」

このままでは本当にただのストーカーである。

決して、私にそういう気質はないはずだ。……その、はずだ。

だが、どうにかしようと奮い立たせるも力は入らない。気合で拳《こぶし》は握れない。

リヒトの顔を思い浮かべる。

「……〜〜っ」

それだけで頬の火照《ほて》りを感じる。

重症だ。手遅れだ。末期だった。

まさか自分がここまで恋愛にのめり込むなんて思いもしなかった。

そういうのは、真っ当なスクールライフを送っている女の子たちが、こう、なんか……キラキラして、恋に恋する感じで、彼氏はアクセサリーで、友人同士で恋バナをしてる時が一番楽しいみたいな……ダメだ。

私が真っ当に学校に通っていたのなんて中学二年ぐらいまでで、その頃も周囲と距離を置いていたので、その手の話に疎すぎる。

知識が偏っていた。しかも、ネガティブ方向に。

これはよくないと膝に押し付けた額をぐりぐり動かす。

そんな私が恋……だなんて。

女の子同士姦《かしま》しく、やれどこのクラスの男子がカッコいいだ、先輩に告白しただなんて話を、私とは関係のない違う世界のように、どこか冷めた目を向けていた私が……恋。

色々な意味で恥ずかしい。というか、恋という一字すら恥ずかしい。なんで下に心ってあるんだ。下心か。……寒い、死のう。

ただそれも、このままでは発展するどころか、風化して忘れ去られてしまう。会わなくなれば、多分、リヒトは寂しく思ってくれる。

けど、自ら私に会いに来ようと行動は起こさないと思う。来る者拒まず、去る者追わず。

なんて、聞こえは良いが、受け身なだけだ。意気地なし、ヘタレ、なんて呼ぶ人もいるかもしれない。

私自身、少し不満でもある。もう少し、なにか、未練というか、なにかしらの行動を起こしてくれてもいいのに、と。

いや、起こしてくれたから今があるのだけど。

その後、放置というか、餌付けした猫が来なくなっても捜してくれないとか……たとえが的確過ぎて嫌だな。

とはいえ。

リヒトがそんな性格だったからこそ、今の関係があるわけで。不満に思うのは、少々贅《ぜい》沢《たく》なのかもしれないし、我儘《わがまま》だろう。

それに、今はどうあれ、そんな受け身なリヒトが私を拾ってくれたから今の関係がある。

リヒトにだけ勇気を出せというのは、それこそ筋違いだ。傲慢《ごうまん》でもある。

男なんだから、なんて。

女々しい言い訳は口にしたくなかった。

私がこのまま恥ずかしさに負けてなにもしなければ、リヒトとの関係は終わる。

それは嫌だった。絶対に。それこそ、死んだ方がマシだ。

過去の自分が知ったら信じられないだろうが、今の私はリヒトを支えに生きている。

出会ってからたった三ヶ月でよくもまぁここまで。

自分自身に驚く。頰が溶けそうなほどに熱を持つが、なってしまったものはしょうがない。

なにより、率先して自殺する気はなかったが、死んでも構わないと考えていた過去の自分よりはマシだろうと思う。その生きがいが、男で、まさか恋だったとは、予想外甚《はなは》だしいのだけれど。

じゃあ、その生きがいを守るため、どうすればいいのかというと、結局のところ会わないことには始まらない。

で、その結論に行き当たると、迷路の袋小路にハマったように思考が止まる。

懊悩《おうのう》するばかりで、前進ができなくなる。

足は一歩も前にいかず、踏みとどまってばかりだ。

「……ぁぁあああっ」

髪をぐしゃぐしゃにかき乱す。

喉《のど》の奥から意気地のない自分に対する苛立《いらだ》ちが、濁った叫びとなって漏れ出した。

「せめて、連絡先を交換しておけば……っ」

顔を合わせず、スマホでならまだ踏ん切りが付いたのに、と。

後悔ばかりが思い浮かぶ。

そもそも、親すら登録されていないスマホだ。

連絡先はゼロ件で、連絡ツールだと考えたことすらなかった。

もっぱら、ネットで調べ物をするぐらいだ。

「どうにかしないと……」

自分でも初めて聞くような、湿り気のある情けない声が漏れた。

スンッ、と鼻が鳴る。あぁ……ダメだ。落ちそう。

俯《うつむ》いて気落ちしていると、ふと辺りが暗くなる。

まさか、私の気持ちが周囲を暗く澱《よど》ませたのか？

一瞬そう思うも、まさかと否定。

雲でもかかったのだろうと顔を上げて、思わず身構えた。

「……んー？」

銀髪の小柄な少女。見知らぬ女の子が私の前に立っていた。

大きなまん丸の瞳《ひとみ》で、頬に指を添えながら私を見下ろしている。

どうやら、彼女の影が私に被さって暗くなったらしい。

「……、……なに？」

「……ふむふむふむふーむむ」

体《からだ》を右に傾け、左に傾け。

ゆーらゆーらメトロノームのように揺れ動く少女は、私を見てなにかを考えている様子。

誰だろう……。

そんな不躾《ぶしつけ》とも取れる視線を向けられた私は、戸惑うしかなかった。

同じマンションの子だろうか？

にしては、こんな目立つ銀髪の、美少女と言っても過言ではない愛らしい女の子は見たことがなかった。

あまり人に興味がないので、見かけても忘れただけかもしれないけど。

と、そこまで考えたところで、はたと気が付く。さーっと血の気が引いた。

思い至った可能性が正解だと告げるように、目の前の少女は腰を屈《かが》めて、私の顔に近付く。

ニカッと人懐っこい笑みを浮かべた。

「もしかして、わたしの部屋を使ってる、義姉《ねえ》さん？」

ね、姉さん？

呼ばれ慣れない呼称に戸惑いつつ、ようやく彼女がリヒトの妹であることを認識する。

黒髪と、銀髪。

髪色はもちろん、容姿のどこを取っても似てない兄妹《きょうだい》だ。

私の部屋を使っているという言葉からもまず間違いはないのだけれど、見た目からは血の繋《つな》がりを感じず、本当に兄妹なの？　と勘ぐってしまう。

「……た、多分、そう、だけど。あ、と………」

こういう時、なにを言うのが正解なのだろうか。

とりあえずお礼？　それとも、自己紹介？　好きな物はなんですか？

見合いのような話題探しが頭を廻《めぐ》る。ついでに、目もぐるぐる回ってきて倒れてしまいそうだ。

「うんうん。そっかそっかー。とりあえず、落ち着いてくださいねー」

腕を組んで何度も頷《うなず》いた妹さんは、「はい深呼吸ー」と私を落ち着かせようとする。

言われるがまま、息を吸って、吐き出す。すー、はー。

「うわすご」

「?」

なにやら驚いているが、よくわからない。

ただ、深呼吸のおかげか少し気持ちが楽になった。それを見計らってか、「丁度話したいと思ってたんですよ」と言い、家に上がってと誘ってくる。

「さっそく帰省した目的が果たせた」と気になることを口にしているが、私はそれどころではなかった。

え? 上がるの? 今から?

あれだけ泊まっておいてなんだが、抵抗があった。

それはリヒトがいないからなのか。

それとも、夏の出来事を思い出すからかはわからないけれど。

物理的な玄関という壁だけじゃなく、透明ななにかが私を拒んでいる気がしてならなかった。

返答もできず戸惑っていても、現実は無情に進む。

彼女は足を止めて座り込む私を待ってくれはしない。

「えーっと、どこだったけかな」

鍵《かぎ》を捜しているのか、妹さんがスカートのポッケを漁《あさ》る。

見つからないのか、躊躇《ためら》う様子もなく可愛らしいピンクのキャリーケースを広げて、中をゴソゴソと探る。

その間も、懊悩煩悶《おうのうはんもん》する私であったが、どうやらその悩みは杞憂《きゆう》で終わるようだ。

広げたキャリーケースの上は、ぐちゃぐちゃになった荷物が山となり、これが収まっていたのかと驚く量であった。

少女は一頻《ひとしき》り捜索した後、顔を上げる。

そして、えへっと誤魔化すように首を傾けて笑った。

「鍵、持ってくるの忘れちった」

その言葉に、気が抜けたように胸《むね》を撫《な》で下《お》ろす。

見つからなかったことが、はたして幸か不幸かはわからないが、今この時は私の心に安《あん》堵《ど》をもたらした。

……ただ、

「義姉さんの家、上がってもいい？」

その安堵も直《す》ぐに掻《か》き消え、新たな問題と直面することになるとは思いもしなかった。

勇気のない私への罰か試練なのだろうか。

「えへー」と太陽のように笑う少女の顔を見て、私は顔をこわばらせるしかなかった。

幸い、あの女……母親は不在だった。

夕方頃に出かけて、朝帰ってくる。もしくは、帰ってこないか。

だいたいはどちらかなので、午前中に居ないのは半々といったところ。

コインの裏表。二分の一の賭《か》けに勝ったような気分になり、ほっと胸を撫で下ろす。

あの女がいる時に他人を、それもリヒトの妹を部屋に上げる気にはなれなかった。見られたくないという、嫌悪感なのか羞恥心《しゅうちしん》なのかわからない泥のように濁った感情がどろりと波打つ。

あの女が人、というか男を連れ込むことが多いためか、リビングは小綺麗《こぎれい》に片付いている。モデルルームのように生活感がない。これがあの女の部屋となると、逆に物に溢《あふ》れているのだろうが。思い返すだけで、頭の隅が痛みを訴える。

リビングの中央。

テーブルクロスが敷かれ、造花の飾られた洒落《しゃれ》たテーブルには、お金の入った小さなポシェットと、ウサギの形をしたメモ紙が残されていた。

メモになにが書かれているかなんて見ないでもわかる。

どうせ謝罪と、ご飯は買って食べて、だろう。いつものことだ。

元から一緒に食べる気なんてないくせに。内心悪態を吐《つ》く。

だからといって、一緒に食べる？　なんて誘われたところで、拒否するのは目に見えているのだが、こちらの機嫌を窺うような態度がムカつく。

なにより、男に抱かれて得た金で自分が生きていると思うと、胃の腑《ふ》から喉に上ってくるような悍《おぞ》ましい感覚に襲われて口元を押さえる。気分が悪かった。

男に媚《こび》を売って、体まで売る母親が嫌いだ。

そんなことまでして手に入れた金は汚い。

けれど、一番嫌いなのは、そんな嫌いな母親が知らない男に抱かれて貢がれた金だと知りながら、養われている私自身だ。

汚らわしい金で生きている私が一番汚い。

私は私を嫌悪する。

いっそ死のうかな、と、何度思ったかわからない。

ただ結局、実行に移そうとしたのはリヒトと出会った日のただ一度きり。

以降は虚無感に苛《さいな》まれた死への渇望も減っていて、今は自殺願望もなくなった。

残ったのは、母と金への嫌悪と……顔が熱くなる。

「……バイトでもしようかな」

高校生になった。働く道はある。

そうすれば、自分の生きていく分の生活費は稼げるし、あの女に養われることもなくなる。

この家から出ていけるかもしれない。

以前の私なら、そこまでして生きる意味がないからとなにもしなかったが、今は違う。

生きる意味《リヒト》がある。

「……問題は、リヒトに会える時間が減ること」

それは困る。とても困る。

現状ですら一ヶ月会えていないというのに、バイトなんて始めてしまえば余計に顔を合わせられなくなる。

生きる糧を稼ぐために、生きる意味を捨てては本末転倒だ。意味がない。

だからといって、いつまでもあの女に養われているのは嫌だ。出ていく方法があるのならば、早々に飛び出してしまいたい。

せめて、なにか。

私とリヒトを繋ぐ確固たるモノがあれば。

会えない時間があっても耐えられる。

そう考え、ふと思い付いた願いを口にする。

「いっそ同棲《どうせい》できれば……」

発した浮ついた単語に、顔から火が出そうになる。うぅ……。

これまでとそう変わらないとわかっていても、認識の違いだろうか。途端に恥ずかしさがふつふつと湧き出す。

ありと言えば、あり。というか、理想に思えた。

いってきます。おかえりなさい。うん、とても良い。

けれど、理性の部分がそれはダメだと否定する。

そもそも、連日泊まり込んで甘えきっていたのだ。私から提案するのは厚顔無恥にも程がある。

なにより、それは私の嫌うあの女のように、男に媚を売って貢がせるのと近しいものではないだろうか。そう思うと、高揚していた心が氷水に沈められたように冷え切ってしまう。

泥のような感情を、反吐として吐き出してしまいそうだ。

「義姉さーん？　もう上がってもいいー？」

玄関から聞こえてくるリヒトの妹の声にはっとする。

そういえば、待たせたままだった。

私は慌てて玄関に戻り、「ごめん」と謝って自室に通す。

自宅に初めて人を上げるものだから、余計な考えばかりが頭を駆け巡っていた。今は忘れなければと、皺《しわ》の寄った眉間《みけん》を親指で強く押し込む。

「全然気にしてないよー」

そう言った妹さんは本当に気にしていないのか、待たせてしまったにも拘《かか》わらず怒った様子一つ見せず私の部屋へと上がった。

見た目と違い、そういう大らかなところは似ているのかもしれないと、リヒトとの共通点を見つけて少しだけ、頬がほころぶ。

私の部屋はなんというか、非常に簡素だ。殺風景ともいう。

女の子らしい飾り気なんてなく。

無骨な黒パイプのベッドに、ローテーブルがあるぐらい。

あとは、隅っこに学生鞄《かばん》や持って帰ってきたプリントなんかが置かれているだけだ。

リヒトと登校した折、教科書類は学校のロッカーに置いてきてしまったので、それすらも僅《わず》かにある程度。

残りは備え付けのクローゼットに収められてしまうぐらいには、荷物とは無縁だった。

断捨離とか、ミニマリストというわけではない。

ただ単に、物欲がなかった……というよりも、なににも興味が持てなかったから、物が少ないだけだ。最近は欲しい物も出てきたが、増えたのはキッチン用品で、部屋の物は増えていない。

キッチン用品だって私が欲しかったというよりも、必要に迫られてというか、リヒトのためにというか……考えると面映ゆくなる。

「へ～。ここが義姉さんの部屋か～」

ローテーブルの前にちょこんっと正座した妹さんが、物珍し気にキョロキョロと室内を見回す。

正面に座った私は彼女の反応が気になってしまって、どうにも落ち着かない気持ちにさせられる。

誰かを部屋に通すなんて初めてだ。リヒトすら上げたことはない。

それこそ、母親すら……という思考に至った瞬間、ブツリと電源が切れたように脳が止まる。

スッと感情が冷めた。

余計なことを思い出しかけたからだ。

リヒトに拾われた日。この部屋であの女と見知らぬ男がしていたことを。

堕ちるのはこの際いい。だが、それはリヒトの妹がいなかったらの話だ。

心配させるわけにはいかなかった。

正直、妹さんにどう思われようとどうでもいい。

好かれようが嫌われようが、さして興味はなかった。

けれど、彼女を通してリヒトになにがどう伝わるのか。

それが不明瞭《ふめいりょう》な以上、他の人のように適当に扱うわけにはいかなかった。

目の前の少女は容姿こそ似ても似つかないが、リヒトの妹で。

それだけで、嫌われたくないと思うには、私にとっては十分過ぎる理由だった。

とはいえ、真っ当に人と接したことなんて数えるほどで、どうすれば嫌われないかなんてわからない。

なので、

「飲み物と、なにか、食べる物は……いる？」

「あるなら貰《もら》う！」

お茶を濁し物で釣ろうと思うと、躊躇《ためら》いのない元気の良い返事をされた。

これがリヒトなら『え？　いやー、大丈夫』と言って、一度は遠慮するだろう。『本当に？』と再度確認すれば『じゃあ』と愛想笑いを浮かべながらようやく受け入れる気がする。

対照的な兄妹《きょうだい》だ。

そう思いつつ、「ちょっと待ってて」と言い残して部屋を出る。扉越しに『はーい』とはつらつな声が聞こえてきて、耳に残る。

初対面で、しかもいきなり他人の部屋に上がっているのに緊張とは無縁なんだなと感心する。

……まぁ、私もリヒト相手に似たような感じだったたか。とはいえ、あれは、特殊な状況と事例だったし。ノーカウントだ。例外である。

両端に埃《ほこり》。素足で歩いた跡。

掃除の行き届いていない廊下を見て、少しばかり後悔する。

こんなことになるなら、雑巾掛《ぞうきんが》けでもしておけばよかった、と。

ただ、リヒトの家は率先して掃除をするが、自分の家だと途端にやる気がなくなるのはなぜだろうか。自分の家だからか。それとも、私の居場所だと思っていないからか。

そんな瑣末事《さまつじ》を頭の隅に埃のように追いやっていると、キッチンに着く。

あの女は使わない。私も最近使うようになったばかり。

それ故に、入居時と変わらず綺麗《きれい》な状態を保たれたキッチン。その上にある戸棚を開ける。なにもない。

次。キッチン下の引き出しを開けると、なにやら高級そうな紅茶の缶と、チョコレートを見つけた。あってよかったと、唇の隙間から小さく息が零《こぼ》れる。

嗜好《しこう》品なんて買わないので、もしかしたらコンビニまで買いに行かないといけないかもしれないと考えていたからだ。

多分、来客用に購入したか、もしくは貰い物だろう。

入手経路を考えるとあまり良い気分はしない。けれど、出さないよりはマシだろうと取り出す。

食べていいかはわからないが、優先順位はリヒトの妹のほうが上だ。ちょろまかすことを決める。

「……紅茶って、どう淹れるんだろう」

ティーバッグではない、茶葉が剝《む》き身《み》で入った缶を前に途方に暮れる。

リヒトはコーヒー派で、紅茶はあまり飲まない。

そのため、コーヒーはバッグだろうが粉だろうが淹れたことはあるし、喜んでくれるのであれば豆を挽《ひ》くところからやるにやぶさかでなかった。ないが、そこまでこだわっていなそうなので、やらない。

スマホで調べればとも思ったが、生憎《あいにく》部屋に置いてきてしまった。取りに戻るのもなんだか情けない。しょうがないので、戸棚にあったティーセットを使い、コーヒーっぽく淹れてみることにする。

ティーバッグのように、暫《しばら》く漬けておけば大丈夫……なはずだ。

心配になるが、電気ケトルでお湯を沸かして、ささっと準備する。玄関で待たせた上に、お茶でまで待たせるわけにはいかなかった。

近くにあったトレーにお茶とチョコレートを載せて部屋に戻ると、リヒトの妹はローテーブルの前で大人しくちょこんと正座していた。

顔を上げた妹さんが「おかえりー」と言うので、「……ただいま」とまごつきながらも返す。

静かに座っている姿はぬいぐるみというか、人形みたいだなと思う。

同時に、似てない兄妹だなと。

長い銀の髪は地毛なのか染めているのか。わからないが、随分と印象が違う。

瞳《ひとみ》の色も随分と明るくって……まさか義妹とか言い出さないよねと不安が過《よぎ》る。

妹さんを見つめながら、トレーをそのままテーブルの上に置く。

「ありがとうございます」

と言って、妹さんは早速アイスティーに手を伸ばす。

まだ暑いので、氷で冷やしてみたがどうだろうか。心配になるが、結露で濡《ぬ》れたグラスを両手で抱えて飲む表情は緩んでいて、その表情に嘘はないと感じて肩から力が抜ける。

と、「わ」と突然驚きの声を上げたので、ビクリッと体が跳ねてしまう。

ただ、その声には喜色が含まれていて、よくよく見るとその瞳はチョコレートを凝視して輝いていた。

「これ、都心にある有名なチョコレート専門店のチョコだよね？　結構お高いやつ。食べていいの？」

「……好きにすれば」

「やったー！」

両手を上げて喜ぶ妹さん。

包装を解いて、箱を開け、中に綺麗に並んで収まっていた金の細工が施された一粒を摘《つま》む。

そのまま口に放り込むと「ん〜」と両頬を手で包むように押さえて幸せに浸っている。

表情がチョコのようにとろけていた。

それ、そんな高いチョコだったんだ。

なんであれ喜んでくれているのなら良かった。食べてしまって良かったかどうかは……忘れることにする。

「……ふぅ」

アイスティーを飲み、チョコレートを食べて。

挟まる沈黙に背筋が伸びる。そわそわする。

正座をして折り畳んだ足を、しびれてもいないのにモゾッと動かす。

自分の部屋に他人がいる。そのことにまだ慣れなかった。

この部屋すらも、自分の居場所ではなかったと絶望したこともある。

それでも、使用頻度や自分の部屋という認識は下がっても、やはり心のどこかで自分のテリトリーだと思っているのかもしれない。

他人がいることに言いようのない忌避感がある。

心理的な縄張り。

こういうのをパーソナルスペースというのかもしれない。

リヒト相手であれば、そういうこともないけど。

そう思った瞬間、頬が熱を持つ。

どうして私はさっきから、なにかとリヒトに繋《つな》げたがるんだ。

意味が……わからなくもないが、のぼせ上がっているのは間違いない。

火照《ほて》った体を冷ますように、ガムシロもミルクも入っていないアイスティーで喉《のど》を潤す。

すると、タイミングを見計らったように、リヒトの妹が沈黙を破った。

「義姉さんは、兄さんの恋人さん？」

ぶっ、と思わず吹き出しそうになる。

急になにを言い出すんだこの子は。

幸運にもアイスティーを吹き出すことはなかった。

けれど、少し咽《むせ》てしまう。「大丈夫？」と元凶である妹さんに気遣われるのは微妙な気持ちだが。

幾度か咳払《せきばら》いをして詰まる喉と、早鐘を打つ心臓を落ち着かせる。

「……ち、違うっ」

どうにか息を吐き出し、否定する。口元を押さえ、近くにあるティッシュに手を伸ばす。濡れた唇を拭《ぬぐ》う。

急になにを言い出すんだこの娘《こ》は。

非難めいた目で睨《にら》みつけるが、「ふーん」と鼻を鳴らして怯《ひる》まない。

むしろ、テーブルに両肘《りょうひじ》を突いて、観察するようにじっと見つめてくる彼女に、私の方が居心地が悪くなる。

まるで、その瞳に心を見透かされているような心地だ。

気付いたら、顔を俯《うつむ》かせて、彼女の視線から逃げている自分がいた。

重苦しい沈黙。そう感じているのは私だけだろうか。

なにかを待つように私を見続ける妹さん。

結局、耐えきれなくなったのは私で。

まるで手の平で転がされているような気分だ。言い様のない気持ち悪さを覚える。

わかりきった答えを私の口から敢えて言葉にさせようとしている。そう思えてならなかった。

私は妹さんが上げた話題を避けて、ずっと気にかかっていたことを尋ねる。

「……どう、して。私のことを姉さんと呼ぶの？」

「義理の姉」

「……うぇほっ⁉」

今度こそ噴き出した。

しっかり咽て、目の縁が濡れる。頬はこれ以上なく熱い。

咳《せ》き込む口を押さえるか、確実に真っ赤になっている顔を隠すか。

判断できず、両手は床のカーペットに触れたまま、動かすことはできなかった。

あまりにも率直な返答。

変更したレールをあっさり正規ルートに戻されてしまい、もはや終着駅は替えられないのか。

腕で顔の下半分を隠す。

ニコニコ笑う妹さん。

もはや逃げられないと感じつつも、最後の抵抗として問いかける。

「義理の姉って、どうして」

「だって兄さんのこと好きでしょ？」

「——」

致命的だった。クリティカルだった。

吸血鬼の心臓に白木の杭《くい》を刺したようなものだ。

妹さんの発した言葉。

話の流れから言うだろうなとわかりきってはいても、言葉を失うには十分過ぎる威力があった。

人に心の内を暴かれるのは、こんなにも衝撃を受けるものなのかと。

この日、私は人生で初めて知ることとなった。

当然、頭の中は真っ白で。

僅《わず》かに開いた口で浅く呼吸を繰り返す。

心臓は激しく脈動し、胸の上から押さえつけても収まりそうにはなかった。

「す、好き……とか、そんな……」

我ながら無理がある。そう思いながらも、どうにか誤魔化そうとつっかえつっかえ言葉を紡ぐ。

態度そのものが正解ですと物語っているようなものだが、自分から『はいそうです』と肯定はできなかった。それこそ、羞恥《しゅうち》で死んでしまう。

そんな私の内心なんて、リヒトの妹には筒抜けなようで。

獲物を罠《わな》に嵌《は》めるように、丁寧に、一つひとつ、私の逃げ道を塞《ふさ》いでいく。

「そもそも、困っているからって、好きでもない男の子の家に、女の子が連日泊まるはずないのよ」

「……そ、れは」

正《まさ》しくその通りなのだけれど。

私は無駄な抵抗を試みる。

「止むに止まれぬ事情が……」

「最初のキッカケはそうであっても、連泊なら別。ないのよ。ないわ。あるはずがない」

「……」

もはやぐうの音も出ない正論に、押し黙るしかなかった。

もしかしたら、なにか上手い言い訳があったのかもしれない。

けれど、今この瞬間の私には、彼女の言葉に対する返答なんて、一文字たりとも思い付くことはできなかった。

真下を向き、太ももの上に置いた手をぎゅっと握り込む。

サウナの中にいるのではないか。

そう感じる程に、体が熱く火照っていた。

「だから、義理《ねえ》さんって呼ぶの。簡単でしょ？」

至極当たり前。常識のように語るリヒトの妹に、返す言葉もない。

自分の押し隠したい気持ちが露呈するのが、こんなにも恥ずかしいものだとは思わなかった。

これまで、他人と関わることもなかったから、余計に羞恥心が募るのかもしれない。

経験値が圧倒的に足りなかった。だからといって、稼ぐ気もないので、成長する兆しはないのだけれど。

リヒトのやっていたゲームのすらいむ（？）のように、倒すだけで簡単に経験値を稼げれば良かったのに、と切実に思う。

けれど、現実は倒せば倒しただけ成長するなんて、簡単なシステムではない。経験しても、成長するとは限らない。

だからこそ、今も昔も、私は思い悩み、答えを出せないでいるのだから。

「赤くなって可愛いなー義姉さんはー」

指摘されると、ますます頬が熱くなる。首をこれ以上、下を向けないぐらい俯かせてしまう。

突っ張るように、後ろの首筋が痛む。

まさか、リヒト本人に好意を明かす前に、妹にバレるとは思ってもいなかった。

そもそも、今日が初対面だというのに、どうしてこうも見透かされているのか。自分ではあまり感情が表に出ないタイプだと思っていたが、実は思っていることがそのまま伝わってしまうぐらい、顔に出ているのだろうか。

そうであるならば、一生外に出られなくなる。

見抜かれてしまった私の好意。内側。支柱。

しかも、その相手がリヒトの妹だというのだから、色々と困ってしまう。

自分の部屋だけれど、肩身の狭さを感じて二の腕を摑《つか》む。擦《さす》る。

コップに汗をかかせ、浮かぶ氷を見下ろしてから、リヒトの妹を窺うように見る。

「あなたのお兄さんを私なんかが好きだと困る……？」

学校にも行かず。

母親からは逃げるばかり。

立ち向かうなんてことはせず。

子供のように耳を塞いでばかりの私。

自分に自信なんて持てない。

誰かに好かれるなんて到底思えない。

そもそも、私自身が一番自分のことが嫌いなのに。
そんな相手に兄が好意を向けられているなんて。
とてもではないが受け入れられるとは思えなかった。
ギュッと血流が止まりそうなほど、二の腕を掴んでいる手に力を込める。
恐ろしかった。
妹さんに拒否されることが、ではない。
妹さんを通じて、リヒトに拒否されるかもしれないことが恐ろしかった。
今まで感じたことのない恐怖に体《からだ》が小刻みに震える。
こんなに怖いと思ったのはいつぶりだろうか。
なにもかもを諦《あきら》めていた時には、心が動くことはなかったのに。
いつの間に私の心は、こんなにも簡単に揺れ動くようになってしまったのだろうか。
法廷で判決を言い渡される罪人の気分だ。
「ヒトリさん」
そんな項垂《うなだ》れていた私を妹さんが呼ぶ。義姉さんではなく、ヒトリと。
恐る恐る顔を上げると、ふにっと頬を摘まれた。
「……ふぁ《あ》の《の》」

「素直だなー本当に。素直過ぎて逆に困っちゃうなー」

ふにふにと。

年下の女の子に頬を蹂躙《じゅうりん》される。弄《もてあそ》ばれる。

なんで？

疑問が頭の端っこを掠《かす》める。「あははー」と笑う妹さんは楽しんでいるのか、なんなのか。

困惑していると、パッと手を離される。見ると、眉尻《まゆじり》を下げて、私と同じように困ったような顔をしていた。

「うーん。そうだなー。それならー」

「……ねぇ」

話を聞いてほしいんだけど。

困惑する私を他所《よそ》に、妹さんは頭の中で考え事が完結したのか、「うん」と頷《うなず》くと傍《そば》にあったキャリーケースを開ける。おもちゃ箱を漁《あさ》る子供のように中身を無造作に放り出していく。

直感的というか、本能的というか。

決めたら悩まず一直線なところはリヒトとは似ていないなと思う。やっぱり、兄妹《きょうだい》だからといって性格が似通うこともないらしい。

もちろん、私とも違う。

行動的なのは羨《うらや》ましいな、と。殻に籠《こ》もってばかりでいつまでもうじうじしている私とは大違いだ。

羨ましい。けど、真似はできないなと自分の面倒な性質を理解し、諦めていると、「あったあった」と妹さんがパッと顔を輝かせてガバッとなにかを広げる。

「なら、まずはメイド服に着替えようか！」

「………………。いや、どうして」

メイド服？

しかも、フリルが付いている。可愛らしいとは思うけど、自分が着るとなると忌避感が沸騰する泡のように浮き上がってくる。

「というか、なんで持って」

「いいからいいから」

ローテーブルを回り込んで、ぐいぐいっとメイド服を押し付けられる。

そもそも、人形のように小柄で愛らしい妹さんとは体格も違うから着られないだろうと思うのだけど、

「兄さん、メイドさん大好きなんだよ？」

「……そ、そう」

動揺で声が上擦った。

こしょっと耳元で囁《ささや》かれた言葉は甘い毒のように染み込んで、脳を麻痺《まひ》させる。

理屈も、流れも。

新幹線の窓から見る景色のように置き去りにして、『それなら、着る……？』と思ってしまう。

重症だった。『リヒトが』と頭に付いてるだけで、なんでも言うことを聞いてしまいそうな自分が怖い。

「はい。じゃあ、外で待ってるから」

「着るなんて」

言ってない。そう言い終わる前に妹さんはメイド服を押し付けて部屋を出ていってしまった。

布の服でしかないのに、鉄でも持つような重さが伴う。

着たくない。

着たくなかった。

着る必要性すらないはずなのだけれど……けど。

「……なんで」

本当に、自分が怖い。

■■

「おおっ……！　すっごい似合ってる！　おっぱいでけー」

「……っ」

第一声から遠慮もなにもないセクハラ発言に、肩を抱くようにして体を隠す。羞恥《しゅうち》で肌が火傷《やけど》しそうなほどに熱い。

けど、その反応は逆効果だったようで、「恥じらう姿もグッド！」と爽《さわ》やかな笑顔で親指を立てられてしまう。毒が回るように、全身に羞恥が巡っていく。

顎《あご》に手を当て、ふむふむと上から下まで舐《な》めるように見られると、つい身じろぎしてしまう。

「いやーでも入ってよかった。友達へのセクハラ用だったけど、サイズピッタリ。スカート丈がちょっとだけ足りないけど、身長差かな？」

「……」

堂々とセクハラと宣《のたま》う妹さん。本来、メイド服をハラスメント目的で着せられる予定だった妹さんの友達には同情の念を禁じえない。普段からどんな目に遭《あ》っているのか、想像もしたくなかった。

「もう着替える……」

「だめだめ。見せないと」

「……死ぬ」

私が。

相手が誰であれ絶命するが、話の流れからリヒトであるのは間違いない。とてもではないが耐えられない。もし見られたら、人体発火してしまう。……もっと恥ずかしい姿を見られているのは忘れる。忘れた。

「で、さ」

と、妹さんが強引に話題を変えるように繋《つな》ぐ。

今度はなんだ。なにをさせるつもりだと、仰《の》け反《ぞ》って警戒を強める。

「毛を逆立てる猫みたいー」

私とは対照的に、呑気《のんき》に笑う妹さんは部屋に戻ってからもずっと手に持っていたスマホを掲げて鈴のように振る。

「兄さんと同棲《どうせい》できるって言ったら——どうする？」

第3章　ダウナー系美少女が引っ越してきたら

段ボールを妹の部屋に運ぶ。

中身は大して重くなく、恐らく衣類辺りではなかろうか。

蓋《ふた》をされた中身に思いを馳《は》せながら、ドカッと荷物を下ろしてため息を吐き出す。

学校から帰ってきて早々なにやってるんだろうなぁ、僕は。

妹のマイに言われるがまま行われている引っ越し。

それはマイが実家に戻ってくる……わけではなく、どういうわけか鎖錠さんが日向《ひなた》家に移り住んでくるらしい。しかも、妹の部屋に。

いやなんでだし。意味がわからない。どうしてそうなった。

鎖錠さんちの玄関前で引っ越し宣言した妹を問い詰めると、ジト目を向けられはんっと鼻を鳴らされた。

『これだから朴念仁は』

明らかにバカにされている。

ムカついたのでとりあえず頭の分け目を割るように軽くチョップを入れると『いた──ッ⁉　DV兄さんだー！』と大げさに悲鳴を上げてこっちが驚いてしまう。

止めて。メイド服を着た鎖錠さんから冷たい眼差しが飛んできてるから。というか、ほんとなんでメイド服？

『だいたい、連日泊まってるんでしょ？　なにを今更。どうせ隣だし、いちいち面倒でしょ』

ぐうの音も出ない正論に押し黙るしかない。そりゃそうだけどさー。

結局、これといった反論も思い浮かばず、マイに言われるがままに引っ越しの手伝いをさせられている。

その際、鎖錠さんの部屋に上がれるかなと微《かす》かな期待を抱いたのだけど、玄関前に荷物を運ばれ『兄さん持ってって』とこき使われるだけで上げてもらえなかった。ちょっと残念。

そして、僕の気持ちを察しているだろうマイがニヤニヤしているのに腹が立つ。やはり一度教育が必要なようだ。

「よいしょー」

学生鞄《かばん》を持ってきたマイ。

教科書が入っているかも疑わしい薄っぺらい学生鞄を下ろして、ふぅやってやったぜという達成感に満ちた顔で汗を拭《ぬぐ》うフリをしている。

相変わらず適当な奴め。

そう思いつつ、僕は再び部屋を出ていこうとするマイを呼び止める。

「あのさー」

「なぁにお兄さまん？」

「……いや、キショいから。やめろ甘え声」

「ひどいんだー。妹様をもっと褒めろよー。兄の義務だろー」

「兄は妹の太鼓持ちじゃねーよ」

この妹は兄のことをなんだと思っているのか。

「そういうおふざけは控えていただいて」

「はい」

ちょこんと正座する。

いやそこまで畏《かしこ》まらなくてもいいんだけど……いいんだけど。

「お前、一時帰宅だよな？」

「そーですね」

「しばらく鎖錠さんに部屋を貸すってこと？」

ふむ。とマイが首を横に傾ける。

「貸すというか、お試し的な？　体験版みたいな？」

「……どういうことだよ」

「まー疑似体験が一番近いのかなーとは思うんだけどねー」

人差し指を立てて、ほっぺをぐりぐり「ふむん？」と悩む素振りを見せるマイに嘆息する。

その言葉の違いにどれだけの意味があるのか僕にはわからない。

昔からそうだ。

マイの中で結論は出ている。けど、説明しないから意味不明。それで周囲と揉《も》めたことも一度や二度じゃないんだけど、本人は至って気にしないし、最後には丸く収まっているのだからなにも言えなくなる。

奔放というか、天才肌というか。

僕にとっては手のかかる妹でしかないのがただただ面倒で。

今回のこともマイの中で結論は出ているのだろうけど、やっぱりその行動の意味はわからない。

鎖錠さんを引っ越しさせてなにをしたいんだか。

「まぁ、いいけどさ」

「あははー。そういう兄さんの流され体質、わたしは駄目だと思うなー」

「おい元凶」

睨《にら》むけど、怯《おび》えた素振りも見せず、伸ばした指を僕の鼻先に当てて「駄目だぞぉ？」と逆に叱ってくる。

こいつはぁ……と頬が引き攣《つ》るが、この程度で苛立《いらだ》ちを爆発させていてはマイの兄さんはやってられない。

「はー……っ」

胃に溜《た》まった重苦しいモノを吐き出す。まぁ、いいかって諦観《ていかん》する。

というか、マイの言う流され体質になった原因はお前にあるんじゃないかと思ったが、言ったところで鼻で笑われそうなので止《や》めておく。これ以上は僕の胃に穴が開く。物理的に。

なので、代わりに諦《あきら》めと一緒に吐き出す。

「まぁ、好きにすれば」

どうせ言っても止まらないし。

「なるべく迷惑はかけ………なにその顔？」

「んー？」

嬉《うれ》しそうに、にんまりと。

今まさに良いことがあったとでもいうように、いつも以上に頬を緩めるマイを訝《いぶか》しむ。

「んーん。兄さんの『好きにすれば』って、わたしは好きだなーって思って」

「なんだそりゃ」

意味がわからない。

けど、どうせ説明するつもりはないんだろう。ニコニコするだけで、それ以上口を開こうとはしなかった。代わりに、肩をちょんちょんっと指先で突《つっ》いてくる。

「なんだよー。妹が好きって言ったんだから喜べよー」

「鳥肌やべーよ」

「もっと立たせてやろぉう」

「ばっ、やめろ!?」

つつつーっと、手の甲をなぞってくる指を払い除ける。うぅ、マジで鳥肌が。

撫《な》でられた手の甲を擦《さす》る。それが面白いのか、「あははー」と笑うマイ。苛《いじ》めっ子《こ》の素質がある。

そんなマイを恨めしく睨みつつ、最も気になっていながら、はぐらかされている疑問を投げつける。

「そもそも、どうして鎖錠さんの家に居たんだよ」

目を細め、嘘は許さないとじっと見つめる。

「んー？」

すると、顎《あご》に人差し指を当てて考える素振りを見せた妹は、アハッと明るい声を上げる。

「ナイショ♪」

うぜー。

あまりの表情のウザさにデコピンを食らわせてやろうかと思ったが、グッと堪《こら》える。

大人だ。大人の対応を見せるんだ。こんなメスガキと同じになってはいけない。

びーくーるびーくーる。よし。

「そもそも、この引っ越し、お母さんとお父さんの許可は取ってるのか？」

「当たり前じゃん」

なに言ってる？と、逆に変な目で見られてしまい目を剝《む》く。

衝動的に生きている妹なので、そういう根回しは絶対にしていないと思っていた。無許可でゴリ押し。脳筋プレイだとばっかり。

驚いていると、どうやらこの点についてはマイも物申したいようで、胡乱《うろん》な目を向けられてしまう。

「本当ならこういうのは兄さんがするべきなんだぞー」

常識に欠ける妹に小言を言われるのは、なんだか釈然としないものがある。

ただ、やはり正論なので反論はし辛い。

どうして今日のマイは正論ばかりなのだろうか。いつもはハチャメチャで一般的な常識を母親のお腹ん中に捨ててきた！　と言って憚《はばか》らない性格をしているというのに。

僕が押し黙ったのを良《い》いことに、調子に乗ったのかむふんと唇を猫のように曲げると、人差し指を立ててチチチッと横に振る。兄さんは甘々なのである、と。

「連泊なんて半端なことして。同棲《どうせい》じゃないって言い訳かー？　あくまで泊まりだからって言いたいのかー？」

それとも、と。

「自分は執着してなくって、離れていっても構わないっていう予防線？」

そ——と声を荒らげそうになって、……んなんじゃないと萎《しぼ》んでいく。

「そうやって斜に構えていると、そのうちだーっれも傍《そば》から居なくなって、一人ぼっちになっちゃうよ？」

妹は心配しているのです、と正座した膝《ひざ》をポムポムと叩《たた》く。膝ってそんなファンシーな音鳴るの？

今日の妹はなんでこう、的確に痛い所を突いてくるのか。

北の大地で一体なにを学んできた。北海道の寒さに倣って、厳しい現実とか言い出したら兄さん泣くぞ。

心が鉛になったように重くなる。

否定の言葉なんて出てくるはずもなく、先生にお説教されたように体を縮こませるしかなかった。妹相手に情けないなぁ、ほんと。

肩を落として落ち込む僕。妹はニッと眩《まぶ》しい笑みを浮かべる。

「ま。ボッチな兄さんでも妹様は見捨てないであげるけどねー。こういうのなんて言うんだっけ？　妹ポイント高めーってやつー？」

「知るか」

切り捨てるように言うと、「つめたーい」と嘆くような声を上げる。

ぶーっと唇を尖《とが》らせる妹。

文句のありそうなその顔に辟易《へきえき》しながらも、知らず僕の頬は笑みの形を描いていた。

「まぁ……なんだ。ありがとう」

頬をかき、そっぽを向く。

こういうのを血の繋《つな》がった家族に面と向かって言うのは恥ずかしい。

僕の言葉に目を点にしたマイは、次の瞬間にはチェシャネコのようににんまり笑う。

「妹様のありがたみがわかったようだなー。感謝の心を忘れず、日頃から崇め奉るよーに」

えへん、とない胸を張る妹にげっそり頬が下がる。

そもそもお前が言い出したことで落ち込んでたんだからな？

指摘してくれたことも含めて感謝をしているので口にはしなかったが、腹は立つのでデコピンはしておいた。「あいたー」


事情もわからないまま始まった引っ越し作業は、予想以上にあっさりと終わりを迎えた。

締めて二時間程度といったところか。

理由は鎖錠さんの荷物の少なさ。

運ぶ荷物なんてほとんどなく、段ボール数個を移動させたぐらい。

マイが中身のない学生鞄《かばん》だけを持ってきたのも、ほとんど運ぶ荷物がなかったからだったようだ。いや、多かろうが少なかろうがあいつはサボった気もするが。

その荷物の少なさに驚くと同時に、納得もする。あぁ、らしいなって。

流石《さすが》に女の子の荷物を見るわけにはいかないので、中身は知らない。ただ、持った重みや感覚からすれば、衣類がほとんど。後はちょっとした雑貨ぐらいか。

学校の教科書とか、授業で使う物すらないのが気になったが、恐らく全て学校に置いてきたのだろう。一緒に登校し出した数日、やけに学生鞄を膨らませて鞄の重みで体を傾かせているのを見かけたことがある。家で勉強する気はないらしい。

「ふぅ……終わったー」

「……お前が達成感に満ちあふれているのはおかしいだろうが」

「喉《のど》渇いたー」

僕の文句なんて聞こえていないのか、ぴょんっとベッドから立ち上がるとそのまま妹の部屋——今は暫定的に鎖錠さんの部屋となった扉を開けて、飛び出していった。

はーほんと、自由な妹だ。

ついでとばかりにマイの荷物も整理させられたせいで余計に肩が重い気がする。ただ、そのおかげで部屋の中は随分とこざっぱりした。

勉強机に、ベッド。

可愛い系統が好きなマイらしく、ハートやレースのあしらわれたベッドやカーテンはファンシーで、本人の個性を色濃く残す。

そこに鎖錠さんの部屋から持ってきた段ボールが積まれているのはなんとも違和感があった。引っ越しというには生活感があるし、段ボールも少ない。

どちらかと言えば大掃除が近いのかもしれなかった。実際、部屋に残っているマイの荷物整理までさせられたし、そのものの気もしないではないけど。

そんな風に、様変わりとまでは言わないまでも、変わった部屋の光景について考えていたのだけど、マイの退場には少し困ってしまう。

「……あー、と」

「……なに？」

膝を抱えて、ベッドの側面を背もたれにして座る鎖錠さん。

ここ一ヶ月顔を合わせていなかったのもあって、ちょっとした気まずさを感じる。

この状況を作り出した妹を内心恨む。せめて一緒に居てくれよ、なんて、情けないことを思う。

ただ、気まずい状況を作り出したのがマイならば、話すキッカケを作るのもマイであった。

マッチポンプを感じつつも、一応感謝の念を抱きながら、妹が残した話題をとっかかりにする。

「……そのメイド服は、なに？」

「――ッ!?　……こッ、れは……！」

反応は大きく、半分瞼《まぶた》が閉じて虚ろだった瞳《ひとみ》が大きく見開かれる。

白かった肌はリトマス紙反応のように赤く染まり、僕の視線から逃げるように所謂《いわゆる》体育座りのままお尻《しり》をもぞもぞ動かして背中を向けた。

「……あなたの妹が無理やりっ。兄がすっ……。…………兄のお世話をしてるのなら格好も合わせないとって、だから……」

「あー」

顎を軽く上げ、瞳を上に動かす。

言うな、妹なら。そしてやる。

お世話から連想してメイド服というのも安直な話だけど、まぁ、いつも通り何にも考えてないのだろう。ただの思い付き。

基本、マイはノリと勢いで生きている。

メイド服を所持している意味はわからないが……まぁ、妹様だからで納得できてしまう。

上に向けていた瞳を戻し、改めて鎖錠さんメイドバージョンを見る。

うん、よく似合っている。メイド長って感じ。もしくは、サボり癖はあるけど優秀なメイド。両極端だが、どちらもピッタリだ。

天然ドジっ子メイドと組み合わせると、良いコンビになりそう。凸凹バディ物。

ただまぁ、よく鎖錠さんに着させたなぁ。

誰が相手であろうと気なんて遣わず、遠慮しないだろうに。

たとえば僕が『メイド服着て？』なんてお願いすれば、『は？』という低音ボイスを発せられた挙げ句、社会のゴミでも見るように軽蔑《けいべつ》した目を向けられるに決まっている。想像しただけで心臓がキュンッてなる。もちろん、ときめきではない。

なんだか意外で、ついじっと見てしまっていると、肩越しに視線を向けてきた鎖錠さんが愛らしい唇を尖らせる。

「……どうせ、本当は似合ってないって思ってるんでしょ？　言われなくたってわかってる。こういうのは、あなたの妹みたいな可愛い子が着るべきだから」

「へ？」

なにを言い出すのだろう。

「いやいや、すっごく似合ってる。冗談じゃなく、本心から」

「嘘じゃないって」

確かに、中学二年生でまだまだ子供っぽさが残るマイだが、その容姿は愛らしいのでメイド服とて着こなすだろう。その場合、お転婆というか、ご主人様をからかって遊ぶ悪ガキ感満載の困ったメイドちゃんになりそうだけれど。

あいつはどうあっても困ったちゃんだな。ほんと。

ただ、妹が似合うからといって、逆説的に鎖錠さんが似合わないなんてことはない。

「うん、よく似合ってる。毎日その格好でお世話されたいぐらいに。一回、ご主人様って呼んでみない？」

「……なにそれ」

低温で肌が火傷《やけど》しそうなほどの冷ややかな返し。僅《わず》かな言葉に込められた侮蔑《ぶべつ》は鎖錠さんらしく、久々の感覚に涙が出そうなぐらいほっとする。うん、ほんと……泣きそう。しくしく。

膝《ひざ》を抱きしめてだるまのように転がる。喜びと悲しみって同居するんだなーと、なんとはなしに思う。

「るーるー」

「……」

ごろごろんっと、傷心した心を慰撫《いぶ》するように。

子供染みたおふざけをしていると、鎖錠さんが顔をしかめる。

不機嫌そうに見える。けど、もしかしたら、言い過ぎたと思っているのかも？

まぁ、言うて大して傷付いてなんかいないのだけど。

とはいえ、無断でほっとかれていたのもある。反省してもらうためにも、ここは心ない言葉に傷つきましたポーズを継続しておこう。

決して、子供のように拗《す》ねた真似をして構ってもらおうとしているわけじゃない。

「……リヒト」

「るーるー」

あえて呼びかけに応えず、膝を抱えたまま転がり続ける。

だるまというより、掃除道具のコロコロな気がしてきた。前髪に綿埃《わたぼこり》がくっついている。

そうして、自分の体《からだ》を使って掃除をしていると、気付けば室内が静まり返る。

鎖錠さんからの反応がない。

あれ？　もしかして見捨てられた？

構ってちゃんをやり過ぎたかと、抱えていた膝を解放して起き上がる。あぐらをかく。

見ると、豊満な胸元の布地を片手でぎゅっと握り締め、耐え忍ぶように唇を甘噛みしている。伏せた顔から目元は窺《うかが》えないが、その頬は怒っているように紅潮していて、サーッと血の気が引く音を聞いた。

やば。やり過ぎた。

意図せず導火線に火を付けてしまった爆弾を見つけた気分だ。

僕は慌てて謝ろうとしたが、キッと目尻《めじり》を鋭く吊《つ》り上《あ》げた鎖錠さんに睨《にら》まれて、出かかった言葉を呑《の》み込む。

あぁ……終わった、と諦《あきら》めの境地に至る。

けれど、彼女の震える唇から出てきた言葉は、僕の予想とは正反対のモノだった。

「ご、ご主人様……っ」

下唇を噛《か》み、屈辱に震える肩を抱きながら、そんなことを言い出す鎖錠さんに頭が真っ白になる。

同時に、心は音叉《おんさ》のように震えて、言葉にできない感情が背筋を駆け巡ってゾクゾクッと震えた。なんとも言えない興奮。

え、なに、これ——と、その感情を確かめようと羞恥《しゅうち》に頬を染める鎖錠さんに手を伸ばしかけた瞬間、

「お腹空いたー！　義姉さんの手料理食べたーい！」

と、呑気《のんき》な声を上げてご飯を要求する妹が入ってきて、妙な雰囲気は風が吹いたように霧散した。

ガバッと咄嗟《とっさ》に背を向け合う僕と鎖錠さん。

それを見て、妹が小首を傾《かし》げる。

「なに？」

「な、なんでもない」

早鐘を打つ胸を押さえながら、引きつる喉《のど》をどうにか動かして声を出す。

よ、よかった。なんだか知らないけどほんとよかった……！

開けてはならない箱の鍵《かぎ》を開けてしまったような、そんな感覚。絶望と希望、はたしてどちらが収まっていたのかはわからない。

けれど、中身が外に出なくてよかったという安堵《あんど》が胸の内に広がった。

今回ばかりは、有耶無耶《うやむや》にしてくれた妹に感謝する。

「？　よくわかんないけど」

不思議そうな妹の顔が、今度は鎖錠さんに向く。

「義姉さんはなんで不満そうな顔をしてるの？」

「…………別に」

聞こえたその声は事実不満そうで。

背を向けて見えこそしないが、子供のように膝を抱えて拗ねているのが容易に想像できた。


妹の希望に則り、夕飯は姉……ではなく、鎖錠《さじょう》さんが作ることになった。

久しぶりの一人じゃない食卓。

ただし、卓に着くのは僕、鎖錠さん、そしてマイだ。

なんだこの組み合わせは。

本来、ありえないはずの顔ぶれに内心困惑する。

「おいしそー。義姉さんは料理上手なんだねー？」

「……これぐらい、誰でもできる」

「兄さんはできない」

うるせーよ。

呑気なのか、はなから気にしていないのか。

緊張を孕《はら》んだ空気にも臆《おく》さずピザに手を伸ばす。

ビヨーンッと伸びるチーズを見て、マイがケラケラ笑っている。

「あはは。いいね。出前以外のピザなんて初めて食べるけど、う～ん。美味！」

「え……」

マイの言葉に反応して、鎖錠さんが驚いている。

まぁ、確かに。あんまりピザを家で作ることはないかな。

僕もピザを一切れ取る。

チーズに、玉ねぎ、トマトに、ピーマン。

日本でよく見るスタンダードなトマトソースのピザは、匂い・色合い共に食欲をそそる。

うん、美味《おい》しそうだ。

「というか、家でピザ作れるんだ」

口をついた疑問に、難しい顔をした鎖錠さんが答えてくれる。

「……フライパンで作れるのがあるから。生地だけ売ってるのもある。いや。そうじゃなくて。……家で作る物じゃないの？」

「美味しいからいいよー。気にしなーい、気にしなーい」

なにやらショックを受けている鎖錠さん。料理を作るようになってそこそこ経ち、腕は上がったがまだまだ常識には疎いようだ。

ズレてようがなんだろうが、美味しければいいとは思うけど。

最初こそ食卓を囲むメンバーとその空気に違和感を覚えた夕食だったが、やはり美味しい食べ物は人を幸せにする。

振る舞ってくれたのが美少女であれば尚更で。

会話こそ少ないが、和やかな団らんとなったのはありがたかった。

「こんな美味しいご飯を毎日食べてたなんて。兄さんは果報者だねー？」

……一人スピーカーみたいにうるさい奴がいるが。まぁ、それも含めて団らんだ。うるさいけど。騒々しいけど。

うんうんと頷《うなず》いて自分を納得させていると、マイが鎖錠さんの近くにあるドレッシングに手を伸ばす。

ただ、前のめりになってまで取る気がないのか、指先が僅かに届かずプルプルしている。

「横着するなよ」

横目に見て呆《あき》れていると、スッと白い手が無言でドレッシングに伸びる。

そのまま指先でスッとドレッシングを押し出し、マイの手に届くように動かした。

「わー。ありがと、義姉さん」

ニコッと笑って、どこか甘えるような声を出すマイに、ふいっと鎖錠さんは顔を背ける。

「ドレッシング取っただけだから……」

「でも嬉《うれ》しいなー」

えへへと、人懐っこく笑うマイ。

戸惑いこそすれ、鎖錠さんも満更でもないのか、「ポテト食べる？」となにやら甘やかしている。

その光景を見ながら、パセリを食《は》む。

むぅ。なんだか釈然としない。

口の中に広がる苦味を感じながらハムハムしていると、マイの流し目が僕を捉える。

「おやおやー？」と、その口元はからかう獲物を見つけたようににゅふふと弧を描く。なんだこの野郎。

「兄さん。もしかして、私と義姉さんの仲があんまりにも良いから、嫉妬《しっと》しちゃったのかにゃー？」

「そんなんじゃねーし。全然気にしてなんかにゃーし」

ドレッシングもかけず、レタスをそのまま口に放り込み、ガシガシ噛む。苦い。

ただ、まぁ。

そんな風に強がってみたけど実際は。

自分にだけ懐いていた捨て猫が、他の人にもあっさり甘えたようでスッキリしなかった。

「男の嫉妬は醜いぞー」というマイの揶揄《やゆ》に「うるせー」と突っぱねる。

わかっている。

これが嫉妬というのも。理不尽な感情であることも。

人を寄せ付けない鎖錠さんが、僕以外の誰かと仲良くすることは良いことだし、その相手が妹であるのも……まぁ、渋々ながら納得も、できなくはない。ない。

わかってはいるが、感情というのは『じゃあ、良くない感情だから嫉妬を抱くのは止《や》めよう』なんて考えて止められるモノではない。

そんな簡単にコントロールできるものであれば、世の中の悩み事なんてなくなるし、きっと争い事だってなくなる。

けれど、やっぱり人間はゼロか一かで判断できる機械ではないから、そんな都合良くはできていない。

ただ、その嫉妬の根本にあるモノが『優越感』に起因するかもしれないと思い至った時には、ちょっとへこんだ。小さいなって思う。

箸《はし》を置いて、鎖錠さんを見る。

目鼻の整った顔立ち。

格好良く、綺麗《きれい》で。

アイドルだって、こんなにも完璧《かんぺき》な造形の女性は存在しない。もしかしたらいるかもしれないけど、僕は知らなかった。

そんな人が僕だけに気を許している。

それを嬉しいと感じることが、イケないことのような気がして滅入ってしまう。

重症だな、と思う。同時に気を付けなくちゃと。

鎖錠さんの自由を奪うような真似をしてはいけない。

「……リヒト？　どうかした？」

「ん。あぁ、なんでもない」

ヘラッと笑う。こんな気持ち、鎖錠さんにだけは知られたくなかった。

「うぷぷ」

……隣で口を手で押さえて笑いを堪《こら》えている駄妹にも知られたくはないけども。

気付いてるのか？　糞《くそ》め。

内心悪態をつきつつ、ボトルのレモン汁に手を伸ばす。が、届かない。……。
「あの……鎖錠さん。悪いけど、それ、取ってもらっていい？」
体を前に倒せば届く距離。それを理解しつつ、僕は彼女にお願いをする。
ダメなんだけどなぁ。そう思うも、止めることはできなかった。
対面に座る鎖錠さんは、感情を窺わせない黒い瞳《ひとみ》を一瞬僕に投げる。
黒曜の輝くその瞳に、内心を見透かされたようで少し焦る。
けれど、彼女はなにも言うことなくボトルを手に取る。
それをそのまま僕の手に載せようとして、
「……ッ」
指先が僕の手の平に触れた瞬間、ビクッと体を跳ねさせ飛び退くように離れた。
え？　なに？
突然のことに目をパチクリ瞬かせ驚く。
鎖錠さんは僕に触れた手を、もう一方の手で包むようにして大きな胸の前で握る。
どこか怯《おび》えたような反応に、ガーンッと小さな衝撃が頭を襲った。
もしかして拒絶された？　触れたくもないの？
傷付いた胸を庇《かば》うように手を当て、まさかそんなと恐る恐る彼女に確認を取る。

「な、なんか悪いことした……？」

「……なんでもない」

触れた手をギュッと握り締めたまま顔に陰の差す姿は、どう考えてもなにかある。

手の平に残されたボトルが、彼女の拒絶の強さを表すように酷く重く感じられた。

なに、ほんと。

嫌われてるの、僕？

妹に甘いし。

拒絶されるし。

ご無沙汰《ぶさた》だった鎖錠さんから、短いスパンで受ける衝撃の数々に心が軋《きし》む。顔が引き攣《つ》る。

ここに誰もいなかったら、泣いていたかもしれない。

そんな僕と鎖錠さんのやり取りを見てか、マイがクスクス可笑《おか》しそうに笑みを零《こぼ》す。

「ほんっと、女心というものがわかってないなーうちの兄はー」

高校一年の秋。

残念ながら、生まれてこの方女心を理解できた例《ためし》はなく。

一足早い冬の訪れを胸の内に感じる。はぁ。

「……シャワー借りる」

夕食を終え、一息ついた後。

鎖錠さんが言うだけ言って脱衣所へと消えていった。

その宣言に、体がそわっとするが努めて顔には出さないよう気を付ける。

露骨に顔に出すと、隣で手ぐすねを引いて待っている妹になにを言われるかわかったものじゃない。

とはいえ、気にしない、というのは中々難しい。

鎖錠さんがうちに泊まるようになってから、彼女が我が家でシャワーを浴びるのはよくあることだ。そもそも、雨でずぶ濡《ぬ》れだった初日にもあった。

だから慣れた……かというとそんなわけもなく。

幾度も繰り返したところで、積み重ならない経験というのは存在する。

いつだって新鮮で、鎖錠さんに『シャワー借りる』って言われるとソワソワしていた。

シャーという水音が聞こえてきて耳を塞《ふさ》いでベッドに顔を埋《うず》めたこともある。

ただ、目を瞑《つぶ》ったら瞑ったで、お風呂場《ふろば》の鎖錠さんをモワモワンっと想像してしまい、余計に落ち着かなくなってしまう。

なので、ベランダに出てお星さまを眺めるのがマイブーム。煩悩退散。一番心穏やかになる。

まぁ、気になるとはいえ。

アニメや漫画じゃあるまいし、お風呂場でバッタリなんてお約束は起こっていない。あれ、観たり読んだりしている時は気にならないが、普通、扉を開ける前にヒロインがいるのに気付くだろうと常々思っている。

フィクションの世界にリアルを持ち込むのはご法度だが、ありえないわーと思うのだ。

……猫でタオルハラリはノーカウントということで。

そんな感じで、表面上は平静を装いつつ、内心ソワソワしっぱなしの僕。

「いってらっしゃーい」

対照的に、お腹を満たして夢心地なのか。

マイは卓で頰を潰《つぶ》してへばった状態。肘《ひじ》を突いて持ち上げた手を力なく振って見送っている。

なんだかその反応が意外で、ついマイに注目してしまう。

「付いてかないんだ？」

「え？　付いていっていいの？」

「いやよくねーけど」

なんだよー、じゃー言うなよなーとぶつくさ文句を言って、期待で持ち上げた頬を再びべたーっと卓上に押し付ける。

その姿がやっぱり意外で、今度は口に出さないようにしつつ内心珍しがる。

妹は昔から女の子が好きだった。

所謂《いわゆる》百合《ゆり》とかGLとか、そういうのとは違う。多分。きっと。恐らく。いやどうだろう。ちょっと不安になるが違う、はずだ。

ただ、昔から女の子とベタベタするのが好きだった。

抱きついたり、頬にチューしたり。

しまいには、おっぱいも遠慮なく揉《も》み、剝《む》き出《だ》しの太ももを撫《な》でる。

女の子らしいというか、同性でしかできない百合百合っとした触れ合いをしていて、『部屋でやれ』と幾度かリビングから追い出したことがある。

あーいう女の子同士の過激な触れ合いってよく耳にするけど、童貞男子の妄想じゃなかったんだな、と初めて目にした時は小さな感動の若葉がポンッと芽生えたものだ。

なお、この話とは関係はなく、ただの寄り道でしかないのだが。

当時の僕の本棚に百合系のマンガやライトノベルが増えていったのを記しておく。

若葉が百合の花を咲かせた。

閑話休題。

そんな女の子大好きな妹が、家に呼んだ友達と一緒にお風呂《ふろ》に入るのもその一つ。

キャッキャウフフと聞こえる声に、幼き僕の性癖が歪《ゆが》んだのも致しかた——ではなく。

美人でおっぱいも凄《すご》い鎖錠さんと一緒にお風呂に入りたがらないというのは、僕にとっては小さな衝撃を受ける程度には、予期せぬ出来事だった。

これは本当に妹なのか？

実は狐が化けているのでは？

そんなことを思って見ていると、僕の視線か、もしくは表情から察したのか。

頬を机に付けたままの体勢で、いやー、と目を棒のようにして口を開く。

「めっちゃ一緒に入りたいんだけどねー。義姉さん、美人だし、めっちゃおっぱいデカいし」

おい。事実だけど。おっぱいデカいけど。そういうこと言うな。

シャワー浴びてるの思い出してソワソワしちゃうでしょ。

「背中洗いたいなーとか、揉みたいなーとは、女の子なら当然抱く感情だからさー。あ、兄さんみたいに挟みたいとは流石《さすが》に思わないけど」

「おいこら」

へらへら笑われる。兄に下ネタぶちかますな。

「でも、うん」

目を伏せ、頷《うなず》く。

瞼《まぶた》を持ち上げると、幼く丸い瞳が僕を映し出す。淡い桜にも見える虹彩《こうさい》が煌々《こうこう》と輝いている。

「今はもっと大事なことがあるから」

だから、やらない。

そう口にするマイは常と比較しなくても真面目で、真剣味があった。それがなんだか少し意外で、淡い輝きを放つ瞳から目が離せなくなる。

本能に忠実で、我慢なんてしないのに。

欲求を抑えるほどに大事なこととはなんなのか。

なんの連絡も寄越さず、突然帰ってきたのと関係があるのか。

昔からわからないの代名詞みたいな奴だったけれど、殊更今のマイはその度合が増している。

不思議で、見つめていると「ん？」と小首を傾げられる。僕と似ても似つかない銀の髪が流れる。

「なぁに？」

「……わかんね」

素直に吐露すると、「なにそれ」と笑われてしまう。

だからと言って、僕とて輪郭すら捉《とら》えていないことを事細かに説明できる自信はない。それに、『どうして？』と訊《き》いたところで適当にお茶を濁されるのも目に見えている。

なので、一旦《いったん》マイの疑問については棚上げして、懸念のあった確認事項を尋ねてみる。

「そういえば、お前寝床どうするの？」

「寝床？」

はて、と首を傾げられる。はてじゃないんだわはてじゃ。

マイの部屋とベッドは鎖錠さんが使っている。というか、妹が明け渡した。

泊まっていくとは一言たりとも聞いてはないけど、日はとっくのとうに暮れている。

観てもいないのに点いているテレビではゴールデンタイムのバラエティ番組が流れている。クイズに答えた壇上の芸人が、昔からよく見る司会者に『違います！』と一刀両断にされているところであった。

そんな時間に、いくら非常識な妹とはいえ帰るとは言い出さないだろう。それ故の確認作業だ。

まぁ、おおかた両親の寝室を使うんだろうけど。

そう思っていたのだけど、

「……?」

なぜかキョトンとした妹が平然ととんでもないことを口にした。

「兄さんの部屋で一緒に寝るけど?」

それがなにか? と桜の瞳《ひとみ》で語ってくるマイに言葉を失う。

なに言ってんのこいつ?


「は?」

シャワーを浴び終わって、脱衣場から出てきた鎖錠さんに事情を説明したら、最初の一言目がこれである。

お湯で温まってきたはずなのに、その声はブリザードに見舞われた北極のように冷ややかだ。

室温は変わらないはずなのに、体感温度が十度は下がった気がする。無意識に鳥肌の立った二の腕を擦《さす》る。ちょーこわいんですけど。

その闇より深く暗い瞳は、間違いなく『血の繋《つな》がった妹に手を出すクソ野郎』と物語っている。これには僕も動転する。

「待って待って⁉　違う違う話を聞いてくださいお願いします！　そういうんじゃないんですよ！　そもそも僕から言い出したことじゃないし⁉」

「……変態。世界の害悪……死ねばいいのに」

「耳閉じてんのかな⁉」

このままでは変態のレッテルを貼られてしまう。しかも、今回は妹に手を出す犯罪者というオマケ付き。付属にしては重すぎる業ではなかろうか？

ＣＤの特典にサイン会の抽選券を付けるようなものだ。フリマアプリに蔓延《はびこ》るＣＤに涙が溢《あふ》れる。

いや、そんなことはどうでもよくて。

ダメだ。焦りすぎて頭が回らない。どうしてこうなった。説明が下手すぎたのかな？

蛇に睨《にら》まれたカエルよろしく、両手を上げて真っ青になっていると、マイが楽しそうに笑い出す。おいこら。そもそもお前が原因なんだが？　なにわろっとんねん。

「あははは！　大丈夫、義姉さん。いくら兄さんだって、実の妹に欲情したりしないって。病みカワ系大好きな変態ではあるけど」

「擁護してんのか、崖《がけ》から突き落としてんのかどっちだ？」

「どっちかといえば、首吊《くびつ》りの時に踏み台を外す役？」

殺す気満々じゃねーか。誰がこんな妹に性欲を抱くものか。

あと、病みカワ系の話をどこで知った。

「……」

ん、と鎖錠さんの喉《のど》が鳴る。

不審そうに細められた目はそのままだけど、僅《わず》かながら不機嫌な雰囲気は和らいだ。

腕を組み、豊かな胸を下から持ち上げる。

一度瞼を閉じた彼女は疲れたような吐息を零《こぼ》すと、再び開いた瞳で机に突っ伏したままのマイを見下ろした。

「元々、あなたの部屋なのだから、私と一緒に寝ればいい」

「それはそれで魅力的な提案。だけどね ー」

ぶー、と大きく両腕で作った×《バッテン》でノーを示す。

「義姉さんが悪いわけじゃないんだけどね？　事情があるのさー」

「事情？」

眉間《みけん》に皺《しわ》を寄せる鎖錠さん。

マイはそんな彼女を見て、考えるように上を向く。

そういえば、先程も一緒に入浴できない理由があるようなことを口にしていた。

女の子大好きな妹が鎖錠さんのような美少女と一緒に寝るのを拒まないといけない事情とは一体……。

僕と鎖錠さん。

二人分の視線を集めたマイは、「うん、まーいっか」と一つ頷くと、

「私、女性相手に欲情するから」

困ったもんだあははと笑い声を上げる。

……なに言ってんだ僕の妹は？

あまりにあまりな性癖の暴露に辟易《へきえき》する。

離れて暮らしたおよそ一年。移り住んだ北海道でなにを学んでいたのか。

真っ白な雪の大地には、百合の花が咲き誇っているのだろうか？　少し、興味が湧く。

「流石に同意の下ならともかく、そういうのはね。女であることを免罪符にして、知らないことを良いことに性的欲求を満たすことを妹様はしないのだ」

「……兄妹揃《きょうだいそろ》って救いようがない」

「一緒にしないでくれない？」

とても不本意だ。

けれども、鎖錠さんにとっては同列なようで、ドン引きした目を僕とマイに向けてくる。

少し上半身を仰《の》け反《ぞ》らせ、距離を置こうとしているのが辛い。

「違う違う。変態は兄さんだけ。私は分別がある」

「そう」

はしごを外される。

それで納得されてしまうと、僕だけが変態の枠に残されてしまうのだけれど。

なにこれイジメ？　というか、言い出したのはマイのはずなのだが、どうしてこうなった……。

「ごめんねー。兄さんは私の兄さんだから、さ。独り占めはさせてあげられないんだー」

「離せ」

わざわざ机を回り込んで、腕を絡めてくる。

鎖錠さんとは違って平坦《へいたん》な胸が当たるが感触はよくわからない。

「……」

わかるのは、殺意にも似た鋭い視線で睨まれているという現状。我が家にだけ一足早く到来した冬に身震いが止まらない。心臓に冷や汗をかく。結露のように表面が濡《ぬ》れている。虚ろな黒瞳《くろめ》が微《かす》かに横に動く。星のない夜空に映し出すのは、雲のない青々とした笑みを浮かべるマイだ。

「なぁに？」

「……別に」

どうにも居た堪《たま》れない。

僕だけ離れちゃ駄目だろうか。駄目なんだろうなぁと直《す》ぐに諦《あきら》めが気泡のように浮かんでくる。

そも、寝る場所なんてどこでもいいだろうに、どうしてこんな鍔《つば》迫《ぜ》り合《あ》いのような緊張感の中、寿命を縮めなければならないのか。

マイが僕の部屋で寝るなら、僕は両親の寝室でもいい。なんなら、リビングだって構わないのだから意見をぶつけ合う理由がない。

うん。そうだ。ない。

「じゃあ、僕は両親の部屋で」

「じゃーわたしもー」

便乗するな。なぜそうなる。

もはや状況を愉しんでいるんじゃないかとすり寄ってくる妹を睨むが、「兄さんと寝るのも久々だねー」と無邪気に言われると気も抜ける。抜けた気の代わりに入ってくるのは、諦めだった。

一緒に暮らしている時から、マイの意思を曲げられたことはない。我儘《わがまま》とは思うのだけれど、最終的には僕が折れてしまう。これが兄の務めかと肩を落としてため息を零すのは幼少期から変わらない。

今日もそうなるのかと思いつつ、剣呑《けんのん》で冷ややかな態度を崩さない鎖錠さんを上目遣いで見る。身長差はほとんどないはずなんだけど、下から見る形になっているのは、背を丸めているからかなと視点の高さから自身の萎縮《いしゅく》を知る。

「あー。ごめん、鎖錠さん。妹は言い出したら聞かなく――」

「なら、私も一緒に寝る」

「…………なんて？」

聞き間違いかと思った。けれど、沈黙を挟んで耳に届いた言葉を考えてみても、意味は変わらなかった。それなら、多分言い間違いだろうと聞き返した。

けれど、答えは変わらず。その態度はより毅然《きぜん》としていた。

「私もリヒトと一緒に寝る」

まるで決定事項のように言うだけ言うと、さっと踵《きびす》を返す。慌ただしい足音を響かせながら、脱衣所に消えていく。

「………………なんて？」

言葉だけ残されて。

やっぱりなにを言われたか理解できず、オウムのように同じ言葉で問い返すことしかできなかった。

■■

僕にハーレム願望はない。……と思う。

だからといって、ハーレム系が嫌いということもなくって。

アニメやライトノベルで観て読んでいる分には楽しいし、ヒロインたちが主人公を取り合って修羅場っているのはドキドキしてニヤニヤしてしまう。

じゃあ、現実にそういう状況に置かれて嬉《うれ》しいか……というと、まったくもって嬉しくはなかった。

ベッドを部屋から追い出して。

どうにか二枚の布団を並べられたが、端は机や壁にくっついて余裕はなかった。ギリギリで、もう一枚なんて敷けるはずもない。寝具は二つ。それなのに、寝る人間は三人なのだから数が合わない。

いつもならだらりと気の抜ける自室にいるにも拘《かか》わらず、体をＩ《アイ》の字にしてカチンコチンに固めて身動き一つ取れないでいた。

ゼラチンを混ぜられたように、心が緊張で固まっていく。

二枚の布団の狭間《はざま》。丁度真ん中に僕が居て、

「……少し、詰めて」

左。壁際には鎖錠さんが。

「いいねー。楽しいねー」

右には、夜だというのに元気な声で笑うマイが、寝っ転がっていた。

どうしてこうなった、と嘆くには理由は明白で。

マイが僕と一緒に寝ると言い出して、競うように鎖錠さんがなら私もと手を上げた。ただ一人、僕だけは驚くばかりで反論もなにもできず、流されるままに寝床についていた。

どうしてこうなった。

実際、こうしてハーレム主人公みたいな状況に置かれると、緊張と不安で胃に汗をかくのを実感する。

小さくきゅるると鳴くお腹の音に「なに兄さん。お腹でも空いたの？」と薄暗い中でも分かる惚《とぼ》けた顔で訊《き》いてくる。

もちろん、空腹ではなく、緊張で腸が活性化しているだけだ。

胃もたれのような重さを感じ、自然とお腹を撫《な》でる。

傍《はた》から見ればハーレムなのは間違いない。

二人しかいないが、ベッドに複数人を侍らせて、揃《そろ》って美少女でもある。ハーレムと言って間違いはないはずだ。

ただ、片方は妹だ。義理じゃない。ちゃんと血が繋《つな》がっている。

物語終盤で『血縁関係はない』と発覚もしない。

もしくは、プロローグで実の兄妹ではなかったことが判明して、突然妹が告白してくることもない。絶対に。

クラスメートに『実の兄妹で恋愛は定番』とか、眼鏡をキラリと光らせてクイクイする変態はいるが、そいつは二次元と三次元の区別がついていないか、人類における極少数派だ。

実際の兄妹は、たとえ妹の裸を見たところで欲情しないのだ。

こんなことを言うと『じゃあ、試してみる？』なんて挑発してくるから絶対に口にはしないが。

つまり、片方はハーレム対象外。非攻略キャラのサブキャラ以下である。

そのため、断じてハーレムではない。

ただ、マイは違う考えのようで、含みしかない笑みを零《こぼ》して目元を緩める。

「ふふふ。両手に花で幸せ者かー？」

「片方花じゃないけどな」

よくてペットみたいなもんだ。

そう言うと、にんまりとより目が細まる。

ぷー、と頬を膨らませて不貞腐《ふてくさ》れると思ったので、その反応は意外で、不穏さに胸がざわりと騒ぐ。目の端をピクリと動かすと、小さな口が開いた。

「へー。じゃあ、もう片方には花があるってことかなー？」

「……っ。そ、それは……だな。…………………」

もうほんと、こういう状況でそういうのは止めてほしい。

意趣返しか、それとも違う思惑があるのか。

見事に取られた揚げ足に言葉が出てこなかった。

咄嗟《とっさ》に否定が口をつきそうになったが、そんなことを言えば鎖錠さんが気にするのは目に見えている。口でこそ『気にしてない』と強がるだろうが、露骨に態度に出るのだ。

そういうのが可愛いのだけど、今は求めていなかった。

だからといって、マイの言葉を肯定するのは恥ずかしい。

鎖錠さんは顔が良すぎるし、女の子だし、見目麗しい花である。あと、おっぱいが大きい。

だけど、そう思ってはいても、口にするには羞恥《しゅうち》が募り、難しいものだ。

「ねぇねぇどうなの？　教えてよ、兄さん？」

それがわかっていてこうして煽《あお》ってくるのだから、我が妹ながら性格が悪いなと思う。

適当に濁して誤魔化そう。

うるせー黙れと跳ね除けようする。

けれど、声を出そうと口を開こうとした瞬間、腕にふよんっと柔らかいモノが触れて、吐き出した息は音とならずに虚しく口から抜けていった。

「……そう、なの？」

切なげで、掠《かす》れて消えてしまいそうな声。

妹側に顔を向けているため、鎖錠さんがどんな表情をしているかはわからない。

けれども、不意に寄せてきた体は女性特有の柔らかさで。

ぎゅぅうっと二の腕を挟み、押し付けられる胸の奥からは、早鐘を打つ心臓の音が空気を介さず直接伝わってくるように感じた。

「いやぁっ、それ、は……ぁっ」

声が裏返る。

予想外の行動に、心臓が張り裂けそうになる。

なぜそんなことを聞きたいのか。

どう答えてほしいのか。

なにを求めているのか。

どれもわからないし、正解なんてわかりようもない。

当然のように頭は真っ白で。

こういう時、いつだって口にできるのは、胸に抱いた思いそのままの言葉しかないわけで、

「そう、ですが……なに、か？」

つっかえつっかえに肯定する他なかった。

「……そう」

気のない返事。触れていた柔らかい感触が、少しだけ離れる。

けれど、それもほんの僅《わず》かで、袖《そで》が擦れ合う近さに緊張の糸は解けない。

………で、なんだったの。今の？

落ち着いてくると、頭の中に残ったのはそんな疑問。心臓に残るのは速くなった鼓動だけだ。

鎖錠さんは『私、可愛い？』なんて、承認欲求増々の、自分が可愛いことを自覚しているあざとい後輩キャラとは正反対で、どちらかと言えば自己肯定感の低い拗《こじ》らせタイプだ。

私は可愛げがないとか言っちゃう系美少女だ。可愛いのに。

なので、わざわざ確認してくるなんて思わず、意図をはかりかねていると、暗がりでも光る桜の瞳《ひとみ》が僕を映しているのに気が付いた。……気が付きたくはなかったけど。

「兄さん顔まっか～」

「うっさいっ！」

叫ぶと、ベシッと後頭部を鎖錠さんに叩《たた》かれた。

「……夜だから静かにして」

「……はい」

理不尽と思いつつも、渋々頷《うなず》くしかなかった。

カチリと、時計の針が動く。長針と短針が重なる。

狭く深く、長い夜は始まったばかりだった。はぁ……。

そもそもとして。

全ての元凶は妹にあると思う。

なんの連絡もせず、いきなり家に帰ってくるし。

どういうわけか、鎖錠さんの家から出てくるし。

どんな話をしたのか、鎖錠さんが引っ越してくることになるし。

こうして、鎖錠さんとマイに挟まれて、眠れない夜を過ごすことになってしまったのも、全てはマイが一緒に寝ようなんて言い出したからに他ならない。

誓って、僕が優柔不断で断りきれなかったからではない。絶対に。

というわけで、目が冴《さ》えて眠れないので、一つマイに文句を言っておく。

「マイが悪い」

「えー。妹は悪くないぞー。悪いのは兄だ。たとえ、妹が本当に悪くっても、罪を被るのは兄だって法律で決まってるし」

「どこの国の法律だ」

「わたし」

お前女王だったのかよ。住みたくねーわそんな国。秒で滅びる。滅びろ。

「だいたい、断んなかったのは兄さんじゃん。今更、その話を蒸し返されてもなー」

「そりゃー、あれだよ……あれ」

「どれ？」

どれだろうね……。

視線が暗がりを泳ぐ。

鎖錠さんが『……いい』と了承したのに驚いたというか、拒否しづらかったというか。

気付いたら一緒に寝ていたというか……時間飛んでない？

あれそれと指示語で誤魔化そうとしたけど、意地悪なマイは有耶無耶《うやむや》にしてくれない。

悪魔だ。

「妹様は熟年夫婦じゃないからアレじゃわかんないなー」

「十数年兄妹《きょうだい》やってるじゃん」

「じゃあ、今わたしが考えてることもわかるよね、兄さん？」

ニッコリ微笑《ほほえ》む見事な返しに、口を閉ざす。

くそぉ、弁だけは立ちやがる。

眉間《みけん》に皺《しわ》を寄せる。考える。

マイが考えていること？　なんだ？

兄さん大好き？　……そんなこと言われた日には、怖気《おぞけ》で眠れなくなるな。論外。

うーんと。えーと。あーと。

「……早く吐け？」

薄暗い中、マイは輝くような笑みを浮かべる。

「ハッキリ言ってもらわないとねー？」

これ。正解でも不正解でも、結局言わされる流れだったんじゃ……？

どうであれマイの手の平の上。

ニヤニヤ楽しそうに口の端を吊《つ》り上《あ》げる妹に、ギリッと奥歯を強く嚙《か》みしめる。

言わなくてもわかっているくせに。性悪妹め。

なんかムカついたので、デコピンをしたくなる。

けれども、少しでも腕を動かすと、鎖錠さんまで反応してしまいそうなので、膝《ひざ》を軽くぶつけるだけに留めた。

すると、「やんっ……兄さんのえっち」なんて、あたかも僕が妹にイタズラ（意味深）

したみたいな、わざとらしい甲高い声を上げるものだから肝が冷える。おいバカ止《や》めろ。

その声に、鎖錠さん側にある腕が締め付けられるような悲鳴を上げる。

「リヒト……？」

冷たく、問い詰める声。つりそうな喉《のど》をどうにか動かし、「なんでもない」と言い、マイを睨《にら》みつける。なんて冗談を口にするんだ。

けれど、マイはどこ吹く風で、声を出さずにおかしそうに笑っているだけだ。

完全に玩具《おもちゃ》にされている。くそぉ。

胸中で負け惜しみを並び連ねる。

バカ、アホ、妹ー、シスター。

そうすると、多少溜飲《りゅういん》も下がるもので、気分も落ち着いてくる。

諦《あきら》めただけかもしれない。

なので、この際一緒に寝るのは仕方ないにしても、気になることは解消しておこうと思った。

「そもそもお前、鎖錠さんと一緒に寝られないって言ってたじゃんか」

それにも拘《かか》わらず、僕を間《あいだ》に置くだけで、結局鎖錠さんと一緒に寝ているのはどういう了見なのか。

答えを待つ。じっとマイを見ていると、

「ん」

喉を小さく鳴らし、桜の瞳を閉じる。

なにか考えているのか。まさか、寝たわけじゃあるまい。

いや、自由奔放を地で行くマイならそれもありえるかと危ぶみ、暫《しばら》く注視していると、ゆっくりと瞼《まぶた》を開いたマイが「うん」と囁《ささや》いた。

小さく身動《みじろ》ぐ。シーツの擦れる音が、鼓膜を撫《な》でた。

「………平気。兄さんがいるから問題なし」

「僕がいた方が問題な気がするんだが？」

女女より、女男女の方が現実的にも字面的にもヤバい印象を受ける。

文字だけ見ると百合《ゆり》に挟まる男みたいにも見えるのが酷さを増している気がしてならない。

けど、マイにとっては問題ではないようで。

含むモノがありますと、あからさまに「むふふ」と笑ってバカなことを言う。

「兄さんを挟むことによって、おっぱいおっきい美人さんと合法的に寝る権利を手に入れる。妹様策士～♪」

「なにが策士だよ……」

溺《おぼ》れてない、それ。

普通に寝ればいいだろうに。女の子同士なのになにを躊躇《ためら》っているんだか。

まさか。

ハッとして口を手で押さえる。

「僕に気を遣って？」

「lol」

爆笑してんじゃねーぞこんちきしょー。

言ってて恥ずかしくなってしまう。

当然、冗談だったのだけれど、言うんじゃなかったと後悔した。

頬に熱を感じて、逃げるように天井を向くと、一頻《ひとしき》り笑ったマイが「それに」と肩の力を抜くようにふっと息を零して言う。

「……二人で寝るのは、ちょっと堪えられないかな」

「……？　だったら一人で寝ろよ？」

意味がわからず訝《いぶか》しむ。両親の寝室もあるのだから、わざわざ僕の部屋で一緒に寝る必要はない。

当たり前のことを言ったつもりだったのだけれど、暗がりの中でもわかるぐらい、ぷくーっとマイの頬が膨らむ。ふむ。

「深海で泳ぐフグの真似？」

「拗《す》ねてんだよ慰めろよ唐変木」

右肩に頭突きされる。

唐変木って……今日日《きょうび》聞かない言葉で罵倒《ばとう》されてしまった。気は利かないかもしれないけど、偏屈なつもりはないんだけど。

「口がわるーございますよ」

「愚兄に気を遣う必要ないでしょ」

「遣えよ、気を」

お兄様ですが？

まぁ、この生意気な妹に気を遣われたことなんてないし、遣われたところで小遣いをねだられているんじゃないかと疑うけども。

だからといって、こうも舐《な》め腐った態度を取られると、兄として教育してやらねばと思うもの。

とりあえず、デコピンでもしてやろうかと手を浮かそうとして、左肩に重みを感じた。

顔を僅《わず》かに傾ける。

鎖錠さんが額を乗せるように、押し付けてきていた。

ん？　ん？

予兆なんてなにもない。

突然の行動に目を白黒させる。なんだか今日は驚いてばかりだ。

「鎖錠さん？」

「……」

呼びかけるが、反応は返ってこない。

ぐりぐりと額を押し付けてくるだけで、口を開こうとはしなかった。

なんなんだろうね、ほんと。

天井を見る。当たり前だが、答えは書いていなかった。

「……ぼーくねぇんじぃん」

右側から、やるせなさそうなため息が聞こえてきた。

■■

「……寝られない」

　枕元の時計は二時を過ぎたことを示しているが、僕の目はバッチリ覚めている。

　意識は明瞭《めいりょう》で、普段は昼間にさえ付きまとってくる睡魔は、今日だけはどこかに旅立っているらしかった。今こそ必要なのに。薄情な奴だ。

「すやー、すやー」

　右隣では、本当に寝ているのか疑いたくなるような寝息を立てながら、マイが気持ちよさそうに眠っていた。

　口の端からよだれまで垂らして、幼い顔つきが更に幼く見える。

　思ったよりも睡魔の旅行先は近かったようだ。仲良くしているようでなによりだよこんちきしょー。

　憎らしかったので鼻を摘《つま》んでやると、寝息すら止まって呼吸音が聞こえなくなったので慌てて離す。

ちゃんと息してるよね……？

ドキドキしながら見ていると、再び「すやー、すやー」と寝息なのか口にしているのかわからない呼吸をし始めたので、ほっと胸を撫で下ろす。

寝ている時までおちょくられているようで、なんだか悲しくなってくる。兄は妹に勝てないのだろうか。

で。

実は気になっていたことがある。

ごそごそと向きを変える。鎖錠さん側に顔を向ける。

「すぅ……すぅ……」

「……」

「す、ぅ……ぅすぅ……」

「…………」

「…………すぅ」

起きてるよね？

不自然な寝息。

目をギュッと力強く瞑《つぶ》り、暗がりに慣れた目には、しっかりと赤くなっている耳まで確認できる。
確実に起きていた。
寝られなくなるぐらいなら、マイの戯言なんて断ればよかったのに。
人が好《い》いのかなんなのか。
呆《あき》れるように息を吐き出した後、マイを起こさないよう慎重に仰向けに転がり直す。
ぼーっと天井を見上げる。
あぁ、でも、と。
丁度良かったのかもしれない。
起きている時に訊《き》く意気地はなく。
寝ているならば僕の言葉は届かない。
起きているけど起きていない。
だからこそ、訊ける本音もあるというものだ。
独り言のように、天井に向けてぽつりと吐露する。
「どうして会いに来てくれなくなったのかなー……」
「……ッ」
鎖錠さんの体《からだ》が一瞬震える。体が固まるのを感じた。

ぎこちない寝息は消え、静寂が室内を満たした。

一分、十分と時間ばかりが過ぎていく。

……答えてはくれない、か。

なにを期待していたのか。

そうだよなーと、納得はしつつも、小さな落胆を抱いていることに内心ため息を零《こぼ》す。

一人、勝手に気まずさを覚えつつ、鎖錠さんに背を向けるように寝返りを打つ。

どうにか寝ようと瞼を閉じると、不意に息を吐き出す音がした。

息を呑《の》む。耳をそばだてると、暗闇に溶けてしまいそうなほど、小さくか細い声が鼓膜を震わせる。

「……会いたくても、会えなかっただけ」

その言葉の意味するところはわからず。

明確な理由の説明とはならなかったけれど。

――嫌われてはいないんだな。

そのことを知られただけで、胸のつかえが取れたように心穏やかになる。

あぁ……なんだか今なら眠れそうだ。

ようやく帰ってきた睡魔に身を委ね、ふっと視界が暗くなる。

良い夢が見られそうだった。

翌朝。

「兄さんおっきろー！」

と、敷き布団から蹴《け》り出されるまでは、良い夢を見られていた。そのはずだ。

最低の目覚めである。

第４章　ダウナー系美少女と同棲《どうせい》したら

九月も終わりが見え始め、気候も穏やかになってきた頃。

一日を通して過ごしやすい陽気が増え始め、道を歩いていると黄色く色付いたイチョウの葉や枯葉が無骨なアスファルトを飾り、秋の訪れを知らせてくれる。

そんな秋の葉の上に、未だにひっくり返った蟬が転がっているのには驚くけれども。

それ以上に驚くのは、鎖錠さんと同居するようになってから、気付けば十日以上も経っていたこと。

最初こそお互いドギマギぎこちなかったが、同居前から泊まっていた下地があったので、慣れるのは思ったより早かった。

以前と変わらない空気感で、当たり前のように一緒に暮らしている。

ただ、変わったこともある。

「義姉さんのご飯は美味《おい》しいねぇ」

……変わったというか、異物が交じったというか。

鎖錠さんが作ってくれた朝ご飯を呑気《のんき》にはむはむしているマイを呆れながら見ていると、桜の瞳《ひとみ》と合う。

「なぁに?」

「……別に」

なんだか鎖錠さんのような物言いになってしまったが、なにを言ったところで効果がないのは実践済みなので余計なことは口にしない。唇を結んで、むすっと唇を尖《とが》らせておく。

不貞腐れてると態度で示してみても、「ならいいやぁ」と軽く流されてしまい、あっさり食事に戻るのだから張り合いもない。尖った唇を横に伸ばす。

ほんと、なに考えてるんだか。

十日も実家に居る。

そう言葉を並べるとなんら不思議ではないのだけれど、夏休みは終わったばかり。長期休暇でもなく、学校にも通わず家に入り浸り続けるというのは駄目だろうと思うのだ。

一応、鎖錠さんの同居含めて、電話で母さんに確認してみたけれど、

『いいわよ』

と、あっさり許可をされてしまった。

ちょっと驚く。能天気な妹とは違い、母さんはその辺しっかりしている。僕がこっちに一人で残るのを、最後まで心配していたのも母さんだった。

それなのに、見ず知らずの女の子を部屋に泊め続けるのを許可するなんて思わず、『本当に……？』と恐る恐る再度確認すると、これみよがしなため息がスマホのスピーカーを通して聞こえてきた。

『お願いするのが遅すぎるっていう自覚はある？』

『……ごめん』

頭が垂れる。

なにに対して叱られているのかはわかっている。無断で鎖錠さんを泊まらせていたこと。マイが引っ越しなどと銘打ったが、実際のところそれは意識を切り替えたぐらいの意味合いしかなかった。それは、ここ数日で十二分に理解している。

鎖錠さんを泊まらせるようになってからずっと。

一人暮らしの男の家に女の子を連れ込んでいたというのは変わらないし、泊まる日数が週五日から週七日になったところで大きな変化はない。

最後の一線のように守っていた二日は、『友達を泊まらせていただけ』という言い訳を残していたかっただけ。

こうして叱られたくなかった。

それもある。けど、雨の日の下校時。捨て猫を拾った小学生の心境と同じで、捨ててこいと言われるのが怖かったんだ。だから、言い訳の余地を残して、大丈夫だと自分を納得させて、ただ黙っていた。

その行動は丸っ切り子供で。

なにも言えず、押し黙ってしまうところまであまりにも幼稚だった。震える唇を押さえようと下唇を嚙《か》む。

『色々と、言いたいことはあるわ』

一瞬、母さんが言葉を区切る。

なにを言われるのか。僅《わず》かに肩が上がる。身構える。

『けど、今回はマイに免じてなにも言わないであげます』

『……マイって』

どういう意味？　そう尋ねようとしたけれど、『ただし』と被せるように言われて出かかった言葉が戻っていく。

『一緒に暮らすことになる女の子のお母さんには、リヒトが直接、許可を貰《もら》いなさい。それまでは、そっちにマイが居る間だけ許可します』

『それは』

『無理、なんて言わせないわよ』

母さんの言葉には有無を言わせない力があって、なにも言えなくなる。

僕が口を挟むことじゃないとか、鎖錠さん母娘の問題だとか。

口をつきそうになった言葉はやっぱり言わせてもらえなかった。唇を僅かに開けてばかりで、舌の先が乾いていく。

『……大事にしたいなら、臆病《おくびょう》になりすぎちゃ駄目よ？』

叱って泣いた子供を抱きしめるように。

これまでとは違う、優しく頭を撫《な》でるような声に、喉《のど》が震えそうになった。優しさに張っていた気が緩んだわけじゃない。核心を衝《つ》かれて、怯《おび》えで心が震えた。

声にならないぐらい小さく息を零して、なんて言えばいいかわからなくなって。

なんて言えばいいかわからないまま震える唇を開いて、

『ところで、その……鎖錠さん？　とはどこまで――』

『さようなら』

突然心だけ冬山に放り投げられたように冷めきって、通話を切った。

待ってとか聞こえた気がしたが、気の所為《せい》ということにしておく。母親だからなのか、それとも、女性特有の恋愛話好きか。通話中、緊張で押し留めていたモノと一緒に呆《あき》れを吐き出す。

つい先日の、そんなやり取りを思い出して肩の力が抜ける。けれど、抜いてばかりもいられない。

現状のままでは、鎖錠さんがこっちで暮らせるのはマイが居る間だけだ。

早いところ鎖錠さん母から許可を貰わないといけないのだが……鎖錠さんとの同棲とか、距離感とか。色々と意識して、ドタバタしていたら十日も経ってしまっていたのは痛恨の極みだ。

なので、マイがこっちに残っているのはありがたくもあるのだが、どうにも腑《ふ》に落《お》ちない部分もあって。

「兄さん。朝から妹に熱い視線を向けるなんて……発情するには早いよ？」

「お前のおませな口はどうやって塞《ふさ》げるんだろうなぁ」

「ちゅー？」

「はんっ」

鼻で笑った。

ウインナーを刺して食べる。考える。考えなきゃいけないこと。

やらなきゃいけないこと。

今まで見なかった振りをしてきたツケが回って来ただけなんだろうけど、事態の大きさに目を回してばかりだ。足踏みしてしまう。けれど、一番悩んでいるのは、周囲の出来事ではなく鎖錠さん自身のことだった。

スキンシップが減った。

なんだかこう言うと、倦怠期《けんたいき》の彼氏彼女や夫婦のように思うかもしれないが、僕と鎖錠さんはそういう関係ではない。

マンションの隣人同士で、今は同居しているだけの関係だ。

……だけ、というには、密接すぎる気もするが、甘い間柄かと言われると言葉に詰まる。

友人？　クラスメート？　やっぱりただのお隣さん？

当《あ》て嵌《は》めるべき言葉はいつも見つからず、彼女と出会ってから納得できたためしはなかった。

けれど、言葉にはできなくとも、確かにあった触れ合いが、同棲を始めた途端パッタリとなくなってしまったのである。

人肌が恋しかったのかなんなのか。

この家に通っている時は、やたら僕に触れたがったり、密着してきたりしていた。

明確な理由はわからない。訊《き》けるはずもない。

赤ちゃんのお気に入りのタオルとかぬいぐるみのようなものと解釈している。していた。

なので、拒否することはしなかったし……、まぁ、なんだ。恥ずかしくはあったけれど、僕も受け入れていた。男ってそういうものよ。言い訳は口だけ。

やっぱり、人前……つまるところ、妹の前だからかなと思っていたけれど、僕が傍《そば》に寄ると離れていくんだ。割と露骨に。

最初こそ気の所為だと思っていたけど、二度三度と続けば偶然から確信に至るというもの。なんか変だと、鈍感な僕とて勘付く。

だからといって、『前みたいに抱きしめてこないの？』なんて僕から訊けるはずもなく、うぐぐっと悶々《もんもん》とする日々が続いていた。

ただ、過度だったスキンシップと反比例するようにお世話度は増した。

朝起こしてくれるのはもちろん、料理から掃除、はては洗濯まで、なんでもやってくれている。

『居候だから……』

なんて。

本人は言うが、僕からすればありがたいやら申し訳ないやら。

手伝いを申し出ても『私がやる』の一点張り。

それでもというと、お風呂《ふろ》掃除とか食べた食器のお片付けとか、なんだか子供のお手伝いぐらいの仕事しか任せてもらえなかった。

もしかして、なにもできないと思われてる？

それとも、居候のような立ち位置だから、遠慮しているのだろうか？

『遠慮しないでね？』という前置きをして、そこんとこどうなんだと本人に尋ねてみたことがあったが、

『……そういうんじゃない』

と、顔を逸らしながら否定されるだけだった。

その言葉が本当かどうかはわからない。僕に気を遣っただけかもしれない。

ただ、事実だった場合、じゃあなんで？　という疑問は消えないわけで、重ねて尋ねてみても返答はなく、結局、僕の疑問が解消されることはなかった。

そんな頭の隅に残る謎や、悲しい出来事はあったけれども、逆に嬉《うれ》しいこともあった。

服を汚さないためか、鎖錠さんは家では紺色で無地のエプロンを身に着けるようになったのだ。とてもとても良く似合う。

なんだか若奥様感増々で、見ていると幸せな気持ちになる。

正面から見るのも好きだけど、僕は後ろ姿が好きだった。エプロンのヒモで縛られた腰つきがせくしぃ。

手放しで褒めると、『うるさい……』と悪態を吐《つ》きながらも、頬を赤らめて照れるのが更にポイント高い。褒め過ぎたのか、最後には無言でげしげし蹴《け》られてしまったが、概ね満足である。

女の子のエプロン姿には夢が詰まっている。

フォークを咥《くわ》えたまま、キッチンで片付けをしている鎖錠さんをぼーっと見つめていると目が合う。ふいっと顔を背けられる。

ちょっとショック。けど、その反応がなんだか恥ずかしがっているっぽくて、朝から良《い》いモノ見たなとほっこりしていると、ぐさっと頬に堅い感触が突き刺さる。

「なぁに見てるの？　すけべぇ」

「……食べ終わったら皿片付けろや」

あと、フォークは駄目だろう。せめて、指で刺せ。刺すな。

■■

行動しなきゃと思うけど、いざやろうとすると二の足を踏む。

鎖錠さんが来なくなった時もそうだった。たまたま上手くいったけれど、それは僕の成果ではない。結局、似た壁にぶつかって立ち往生しているのだから、自分の成長の無さが情けなくなる。

ただ、いつまでもこのままというわけには当然いかない。今回ばかりはいつまでも先延ばしにしているわけにはいかず、タイムリミットはマイの気持ち次第という曖昧《あいまい》さ。

「……相手の事情に踏み込むなんて、柄じゃないんだけど」

「……なに？」

ホームルームが終わって漏らした独り言は、授業から解放された教室の喧騒《けんそう》にかき消えたはずだった。けれど、僅かに隣の席の鎖錠さんには届いたらしく、細めた黒い瞳《ひとみ》を向けてきていた。

「いやぁ」と言葉を濁しつつ、曖昧に笑う。本当なら鎖錠さんにも事情を説明するべきなんだろうけど、母親との関係が微妙なのだけは知っているので、口にするのは躊躇《ためら》われた。

「あー……スーパー寄ってく？」

「……食材はあるから」

じゃあ、いいかと立ち上がる。椅子をズラす音が後を追う。

鞄《かばん》を持って、そのまま鎖錠さんと並んで帰るのにも慣れてきていた。これが日常になるのも遠くはないのかなと、なんとはなしに思っていると、

「日向さん、ちょっといいかしら？」

教壇で生徒の質問に答えていた先生に呼び止められる。

前にもこんなことあったな。

そんなことを思いつつ、なんだろうと鎖錠さんと目を合わせて首を傾《かし》げた。

呼び出されるまま教壇に向かうと、なぜか先生が困った顔をしている。

先生から招いたというのに、どうしてそんな顔をするのか。

「……？　なにか？」

「なにかっていうか」

先生が頬に手を添える。

どうしたものかと細まる瞳。よくよく見ると、その視線は僕に向いていなかった。

やや斜め後ろ。肩越しに振り返ると、鎖錠さんの暗い瞳と目が合う。

なるほど。つまるところ、

「他の人には聞かれたくないと？」

「個人的な話だから」

ね？　と、愛想笑いを浮かべる先生に、鎖錠さんは「そう……」とだけ口にして、あっさりと離れていく。

「下駄箱で待ってる」

そう言い残して、学生鞄を持って教室を後にした。

気にしてない素振りだったが、どことなく鎖錠さんの声に不機嫌そうな、納得しきれないモノを感じる。

言葉にできないニュアンスだが、一緒に生活していると、自然とそういった機微も悟れるようになってくるものだ。未だに女心は理解不能だけれど。一生分かる気はしない。

「……怒ってなかったかしら？」

「大丈夫ですよ」

安易に否定しておく。

こういう時、素直に『不機嫌かもしれない』と言ったところで、先生の不安を煽《あお》るだけだ。そもそも、本当に機嫌が悪いかどうかもわからないのだから、適当に慰めておくのが吉。

本心を隠し、波風立てないのが人間関係の処世術というものだ。

「それならいいのだけれど」

先生の目が一瞬、鎖錠さんが出ていった入り口に向く。

気にしたところでしょうがないけれど、気になってしまうといった様子だ。

そこまで敏感になる必要はないだろうと思うに。どうしてそこまで怯《おび》えているのか。

「それで、用件ってなんですか？」

「そうね……って、なんで距離を取るの？」

じりじりと後退するのを見咎《みとが》められる。不思議そうにされるけど、僕としては正当な警戒だ。

「前みたいに手を握られて泣かれても困るので」

「し、しませんっ！　あれは安心したのもあってつい感極まっただけで……ちょっと、離れないでっ⁉」

もう涙目で怖くなる。

夏休み明け。鎖錠さんを連れて、久々に登校した際も先生にこうして呼び出されたことがあった。

なんだと思いつつ、学校で担任の先生に呼び出されるなんて珍しいことでもない。無警戒で従ったのだけれど、

『ありがとう……！　ほんっとうにありがとうね！』

僕の手をぎゅっと握って、感涙しながら何度もお礼を口にされた。

あまりの必死さにドン引きだったのをよく覚えている。その反応から察するに周囲の先生からよっぽど嫌味や小言を言われていたんだろうというのは容易に想像できた。

鎖錠さんの登校も再びの不登校も。本を正せば僕が要因なので、大げさに感謝されても微妙な気持ちになるばかりだった。マッチポンプっぽい。

当時は勢いに呑《の》まれて引き攣った笑みを浮かべるばかりだったけれど、流石《さすが》に何度も同じことを繰り返したくはなかった。

手を取られないよう胸に抱えて半眼で睨《ね》めつけると、先生はごほんっと咳払《せきばら》いをする。

「あの時は色々と切羽詰まっていただけよ」

「……新任の教師も大変ですね」

「そうなのよぉっ。なんでもかんでも押し付けて……って、そういう話じゃないわよ！」

勢いのあるノリツッコミである。

こういう親しみやすさが新任ながら生徒には人気で、古参の先生方には嫌われる要因なんじゃないのかなって思う。

「そういうのいいんで、話があるなら手早くお願いします」

あまり長く鎖錠さんを待たせたくない。

「……話を逸らしたのは日向くんなのに」

「警戒されるようなことするからでしょう」

言うと、ぶーっと唇を尖《とが》らせてくる。

いい歳してとも思うが、新任なだけあってまだ若くて綺麗《きれい》だからか可愛くはあった。それで僕が絆《ほだ》されるかというと、そんなこともない。顔の良すぎる鎖錠さんと一緒に暮らしていれば免疫もつくというもの。

しらっとした目で見ていると、流石に子供っぽい態度と思ったのか頬を赤らめて「そ、そうね。手早くいきましょう」と誤魔化すように話を進めだす。

「大した用事ではないのだけど」

そう前置きして、

「三者面談のプリント、渡してくれたかしら？」

「…………あ」

言われて思い出す。

やっべー。忘れてた。

鎖錠さんと同棲《どうせい》する前。妹が帰ってきた日のことだ。

先生から鎖錠さんに三者面談のプリントを渡すように頼まれていたが、完全に失念していた。

やっちまったと、右手で口を覆う。

スッと先生の目が細く、鋭くなる。

「その様子だと忘れていたみたいね？」

「いやー。忘れていたといいますか、衝撃的な出来事の数々に処理が追いつかなかったといいますか」

「つまり、渡してないのね？」

「……はい」

先生の追及に、観念して力なく頷《うなず》いた。

でも、しょうがないではないか。

あの日はマイが鎖錠さんの家から出てきたり、鎖錠さんがメイド服を着ていたり、まして引っ越しなんて超弩級《ちょうどきゅう》の事件が発生したのだ。スーパーノヴァもかくや。

先生に無理やり押し付けられた、鎖錠さんに会うキッカケ程度にしか考えてなかったプリントなんて、マイにお尻《しり》を蹴られた瞬間に頭から飛んでいるに決まっている。

今なお、三者面談のプリントは鞄の奥底で安眠中だ。

このまま先生に言われていなかったら、そのまま永眠していたことだろう。

男の子の鞄だから、原形を留めているかはお察しだけど。アコーディオンに変形している可能性大。

とはいえ、そんな言い訳をしたところで『なにを言っているの?』と胡乱《うろん》な目を向けられるだけに決まっている。

なにより、学校の先生にクラスメートの女の子と同棲することになりました、なんて。

バカ正直に言えるわけもなかった。別の理由で面談が始まってしまう。

今更ながらバレたらヤバいよなーと、乾いた笑いが零《こぼ》れる。そっと、視線を横に逃がす。

僕の反応を渡し忘れて気まずいとでも受け取ってくれたのか、先生はしょうがないというようにため息を零した。

「三者面談は十一月からなのよ。まだ一ヶ月あるとはいえ、他の子との兼ね合いもあるから、そろそろ予定を組まなくちゃいけないわ」

だから早いとこプリントを渡して、日程を教えてほしいと先生は言外に伝えてくる。

正直、プリントを渡しそこねていたとはいえ、どうして僕がと思ってしまう。

直接的に関係ないよね？　僕。

「鎖錠さんも登校してるんだし、先生が直接言えばいいじゃないですか」

なにも知らないならいざ知らず、鎖錠さんの母娘仲を知っている身としては、逆に言い出し難い案件だった。

鎖錠さんに渡したところで、くしゃくしゃ丸めてゴミ箱にポイッなのは目に見えているし。

彼女の母親に直接渡した場合、どんな反応を見せるかは予想できないが、どうあれ鎖錠さんとの関係が更にこじれそうで二の足を踏む。

できれば関わりたくなかった。

なので、今更ではあるが先生の責任を果たしてほしいと訴えるが、「嫌よ」と拒否されてしまう。

「嫌よって、あーた」

「だって、なんて話せばいいのかわからないんだもの」

眉尻《まゆじり》を下げ、じわりと瞳《ひとみ》に水の膜が張りぎょっとする。

「もし、鎖錠さんに下手なことを言って、『じゃあ、いいです。もう学校来ません』なんてまた不登校になったらどうすればいいのよ？　今度こそ私の教師生命が終わっちゃう！　この就職氷河期の中、ようやく手にした職を手放したくないのよ――ッ！」

先生の苦労は察するが、そんな情けないことを告白されても弱るのだ。

学校内で最も大人であるべき先生が、生徒に泣きつくとか止《や》めてほしい。

男子生徒に縋《すが》り付いているこの状況の方が、よっぽどクビ案件だと思う。

「だからお願いよー！　鎖錠さんに渡して！　ついでに日程も訊《き》いてきて！　なんなら三者面談代わりにやってよー！　一緒に居るだけでもいいからーっ！」

「仕事しろ先生」

妙齢の女性の見るに堪えない姿。

現実から目を背けるように、天井を見上げる。

新任教師ながら、生徒との関係は良好。

愛嬌《あいきょう》もあり、しっかりとした先生というイメージは、晴れた日の雪像のように崩れて溶ける。

できる女性とばかり思っていただけに、この変貌《へんぼう》っぷりは地味にショックだった。

憧《あこが》れていたお姉さんのだらしない一面を見てしまったような気分だ。

これで私生活まで仕事に疲れた干物ＯＬ風味だったら、駄目な教師、略して駄教師と呼ぶのだけれど。

そんな機会が訪れないことを切に願う。

いつ誰に見られるかもわからない状況で、いつまでも女教師に泣いて縋られているわけにもいかない。それこそ、鎖錠さんが戻ってきたらと考えるだけで、背筋に冷たい汗が伝う。

「はぁ……。わかりましたよ。やりますから離れてください」

プリントを渡し忘れた負い目もある。

仕方なしに受け入れる。

「本当に？　嘘吐《つ》かない？　やっぱ止めるとか、酷いことしない？」

「言葉選び……。しませんから離れてください」

納得してくれたのか、僕の制服から手を離す。

そして、距離を取ると少しは冷静になったのか、口元に拳《こぶし》を当てるとごほんっと取り繕うように咳払いをした。やや頬が赤い。表情筋を引き締め、取り澄ました顔をする。

なにもかも今更過ぎるが、またみっともない姿を見せられても困るので、敢えて指摘はしない。

「じゃ、じゃあ、お願いするわね？」

「はいはい、わかりましたよ」

おざなりに手を振って追い払おうとすると、先生がムッと唇を結ぶ。

とはいえ、これ以上恥ずかしい姿を見せられないと思ったのか、「気をつけて帰るのよ」と最後だけ先生らしいことを言い残して教室を出ていった。

「……なんだか面倒なことになったなぁ」

三者面談のプリントを渡すだけだったはずが、いつの間にか日程を確認するところまで任されてしまうし。

どうしたものか。

窓の外。水平線に沈んでいく夕日を見つめていると、

「約束だからね！」

「うあひゃいっ⁉」

戻ってきた先生が念押ししてきて肩が跳ねた。

び、びっくりした。

バクバクと跳ねる心臓を押さえて振り返るが、先生の姿はどこにも見当たらなかった。

■■

家に帰って、夕飯を食べ終える。

今日の夕飯はハンバーグで、どうしてかハンバーグの中心にニンジンが一本丸々突き立てられていた。まるで、マ○ターソードの如く。

また変な知識の取得をしてしまったんだなと思いつつも、今日は指摘しなかった。

もう一度ハンバーグが出てきた時にツッコミを入れたらどんな反応をするのか。

考えただけで頬が緩む。ちなみに、ニンジンはちゃんと中まで蒸してあって、甘くて美味《おい》しかった。

ちょっと悪趣味かなぁ。

そう思うも、正直、今の僕に指摘する余裕がなかったのもある。

テレビをつけて、テーブルを囲む。

モニターでは、大食いに挑戦した女性タレントが、丁度完食しているところだった。誇らしげに大皿を抱えている。ワイプで映っている司会者がおぉっと声を上げて感心していた。

観ている。というより、眺めているというべきか。

視界に映っているが、耳の右から左に流れるように、内容がスッと抜けていく感覚がある。数秒前の映像を思い出せない。

ちらりと視線を泳がせ、鎖錠さんを窺《うかが》う。

「……（ぼー）」

彼女も似たようなものなのか、観ているというには意識がふわふわしている気がする。

黒い瞳の中にテレビの映像が四角く映り込んでいる。網膜に焼き付いているようで、実際はテレビになんて興味なさそうだ。

音が出て、動いているから目がいく。そんな程度。

猫みたいだな、と思う。もしくは、赤ちゃん。ようやくひとり立ちして、テレビの動きを真似する子供がなんとなく脳裏に過《よぎ》る。

猫か赤ちゃんか。

思考の表面でくだらないことを考えながらも、頭の中をずっと占めているのは、三者面談についてだった。

いつ話を切り出すべきか。

今か。今かも？

マイは『久々に地元の友達とご飯食べてくるー』と言って家には居ない。二人きりのタイミング。今しかない。……いやもうちょっと待とう。

家に帰ってからというもの、踏み込もうとしては二の足を踏むばかりであった。

別段、話したところで『そう……』と言われて終わりそうな気もする。ただ、表に出さなくても内心引きずるんじゃないかと考えると、どうにも唇が乾いて動きが鈍る。

鎖錠さんはなにかあると自分一人で抱え込んで自滅するきらいがある。

夏休みの終盤。

僕の風邪が治った途端に来なくなったのもそうだ。

突然居なくなったと思えば、いつの間にか住み着いていた。やっぱり猫かも。

環境的に、なにか悩みがあっても相談できる相手がいなかった弊害なのかもしれないが、表情にも出にくい分、察するのも難しい。ちょっと不機嫌かも、というのは声の感じからなんとなくわかるようになったけれど。

あらゆることに鈍感なようで、人一倍繊細というかなんというか。

扱いの難しいガラス細工に触れているかのようだ。

素直に言ってくれればいいのにと思ってしまうが、普段、本心を隠して適当に合わせるだけの僕がそんなことを考えるのは我儘《わがまま》なんだろうなぁと自重する。

腕を組み、テーブルの上に体重を預ける。

顔は鎖錠さんに向けたまま、忙しなく両手で前腕を擦《さす》る。

寒いわけじゃない。ただ、落ち着かないだけだ。

しょうがなかったとはいえ、今更ながら安請け合いしたことを後悔する。

おのれぇ。

どうして僕がこんなことで悩まなければならないのか。

先生なんだから自分で言えばいいのにさー。

断りきれなかった自分のことを棚に上げて、胸の内で、泣きついてきた駄教師に悪態をつく。

理不尽とわかっていても、適当に当たり散らさないとやってられない時もある。

とはいえ。

いつまでも、ぐずぐずしているわけにもいかない。

夏休みの宿題みたいに、明日《あした》やればいいやーと未来に送り続けて、最終日の夜に母親に叱られ、泣きながら日記を埋める作業は勘弁願いたい。

高校生になった今。少しは大人らしくあらなければ。

……このぐらいの歳になると、やっていなくても『まぁ、いっか』と気にしなくなるし、なんならごめんなさいと殊勝なポーズで謝ることばかりが上手くなっているのだけれど。

大人になるって悲しいね。大人筆頭の先生が生徒に泣きついてくる時点でお察しなのだが。

しゃーない。

体と一緒にやる気を起こす。

さらっと訊いて、さらっと終わらそう。

返答はどうあれ、やったという事実が大事なのだ。

やりませんでしたではなく、やったけどできませんでしたの方がまだ言い訳のしようもある。

これが大人の処世術よ。

世の汚さばかりを肯定して、口を開こうとすると、

「リヒト」

不意に鎖錠さんの顔がテレビからこちらを向く。

タイミングぅ、と内心唸《うな》る。

今までお互い無言だったのに、どうして話しだそうとするタイミングが同じなのか。

正面から歩いてくる人を避けようとしたら、相手も同じ方向に避けてあわあわお見合いしてしまうのに似ている。

今あわあわしてるの僕だけなのだが。避けようとしてコケてしまったような気分だ。

「な、なに……っ？」

少々つっかえながらも、なんとか声を絞り出す。

頬が痛い。口の中に血の味が広がる。咄嗟《とっさ》に口を閉じたせいで、頬肉を噛《か》んでしまった。後で、口内炎にでもなりそうで憂鬱《ゆううつ》な気持ちになる。

眉《まゆ》をひそめ、不審がる鎖錠さん。

ドキドキしたけれど、どうでもいいと思ったのか、それとも話を優先したのか、詮索《せんさく》してくることはなかった。

訊《き》かれたところでどうということはないが、なんだかほっとしていると、鎖錠さんが口にした言葉を聞いて、抱いた安堵《あんど》はコインをひっくり返したようにあっさりと驚愕《きょうがく》に変わる。

「私、バイトするから」

…………なんですと？

■■

「アルバイトの面接があるから」

休日の朝。そんな言葉と共に。

黒のワイシャツにボトムスというシックかつラフな格好の鎖錠さんに僕は起こされた。

「いっふぇはっっはい……」

「……いってきます」

休日ということもあり、つい先程まで寝ていた。

ボサボサの頭を撫《な》でながら、玄関前でへにょへにょした力の入ってない手を振って鎖錠さんを見送る。

『見送りはいらない』と言われていたが、こういうのは様式美だし、見送らなければという謎の使命感がある。

それに眠いし怠《だる》いが、お見送りというのはなんだか気分が良い。ちょっと気分が高揚する。

眠さも相まってそのまま伝えると『なにそれ……』とくだらなそうな口調で言われたが、落ち着かなそうに耳たぶを擦っていたので多分照れ隠しだろう。

玄関扉が閉まる瞬間、僅《わず》かな隙間から小さく不器用に振られた手が見えて満ち足りた気分になる。

ガチャンッと音を立てて扉が閉じた。数秒後、錠もかかる。

僕が中にいるのがわかっているのだから鍵《かぎ》ぐらい任せればいいのに。

律儀に鍵を閉めていくのは、鎖錠さんらしいなと苦笑が漏れる。

「アルバイト……バイト、仕事かぁ」

眠気に負けて倒れるように、白い壁に寄り掛かる。

ざらついた肌触りが心地よく、ぺったりと頬を押し付けた。ぷにっと頬肉が持ち上がる。

口から零れた言葉には実感がなく、そして虚しい。

空気中に溶けて、あっさりと霧散してしまう。けれども、頭の中にはいつまでも残り続けて、いくら吐き出したところで消えることはなかった。

「ちょっと、寂しい……よね」

偽らざる本心が漏れた。

まだ眠気があって、見送って一人になったからか急に孤独を感じる。……僕の部屋にはまだぐっすり眠っているマイが居るけど。

崩れ落ちるようにズルズル肩を壁に擦りながら、しゃがみ込む。

少し前まで。

鎖錠さんの行動の全ては僕に繋《つな》がっていた……というのはなんだか自意識過剰みたいで全身が痒《かゆ》くなるし、自己嫌悪に身悶《みもだ》えするのだけれど。

実際、そういうところがあった。

他人を拒絶しているのに、人に飢えている。

酷い矛盾。星を掴《つか》むような衝動は、一生かかっても叶《かな》わなそうであったが、どんな偶然か、たまたま僕に手が届いた。

今思い返せば、依存に類する感情を抱かれていたのかもしれない。

けれども、それは僕だからというわけでなく、状況さえ揃《そろ》っていれば誰でもよかったんだろうなぁとも思う。

自分を卑下するつもりはない。事実、こうして鎖錠さんと関係を築いているのは僕なのだから、今更誰かに代わってもらおうなんて思ってもいない。

ただ、なんとなく、寂しいなぁって。

一緒に暮らすようになって、生活する距離は近付いた。

けれども、触ったり、抱きついてくるようなことはなくなって、物理的な距離は遠ざかる。

学校にも通うようになって。

今度は、アルバイトまでするようになるなんて。

しゃがんだまま、膝《ひざ》を抱えて顔を伏せる。

はぁああああっ……。と、長い長い億劫《おっくう》な息を吐き出す。

肺に溜《た》まったモヤモヤを追い払うように。

「これが子離れというものか……」

なんだか年頃の娘を持つ父親の気分だ。

子供どころか彼女すらできたことがないので、そういう気分というだけで、世の娘を持つ父親と同じ気持ちかはわからないけれど。

そのうち『パパとお風呂《ふろ》入らない』とか、『パパの服と一緒に洗濯しないで』とかキツイ口調で言われちゃうのだろうか？

いや、混浴なんてしたことないし、パパじゃないんだけどね？

けど、それを鎖錠さんに置き換えて、

『……近寄らないで』

と、蔑《さげす》んだ目で見られるのを想像したら、したら……ゾクッと体《からだ》が震えた。

もしやこれが恋？　なんて。勘違いするわけもなく、開いちゃいけない性癖の扉をそっと閉じる。

部屋に戻って、眠りこける呑気《のんき》な妹を避けて布団に倒れ込む。

眠気は既に消えていたが、体に力が入らない。なにもやる気がしなかった。

「もしかしたら、甘えられてたことに優越感を覚えてたとか……？」

口にすると、なんだか自分の感情にしっくりきてしまい、我がことながら嫌だなぁとベッドに顔を押し付けてうーっとくぐもった声を出す。

離れていくのは寂しい。

引き留めたいという思いもある。

けれど、それは僕の感情で、身勝手で。

ひとり立ちして真っ当に生きようとしている鎖錠さんを縛り付ける理由にはならない。

「兄さん」

不意に呼ばれる。

寝言かと思いつつ、布団に頬を擦り付けるようにしながら顔を横に向ける。桜の瞳《ひとみ》と目が合う。カーテンの隙間。天使の梯子《はしご》のように差し込む陽の光を受けて、瞬く瞳を溶けそ

うなぐらいに緩める。

見慣れた妹のはずなのに。

その顔があまりにも慈愛に満ちていて、息をするのも忘れて見惚《みと》れてしまう。

羽のように白い手を伸ばして、僕の頬に触れる。愛おしそうに撫でてくる。

「わたしは一緒にいるよ」

どういう意味で言ったのかわからない。

寝ぼけていたのか。それとも、僕を慰めようとしていたのか。

ただ、日向で丸まる猫のように心が微睡《まどろ》んでいく。

さっきまであった頭痛が引いていって、頭を締め付けていた紐《ひも》が緩んだのを感じる。

鎖錠さんを見送った時に抱いていた孤独感も、ふっと泡のように消えた。

なら、いいかって。

瞼《まぶた》が落ちる。

寂しくっても、マイが居てくれるなら孤独じゃない。誰かと一緒なら独りじゃない。

だから、と。

揺《ゆ》り籠《かご》の赤子のように穏やかに寝入ろうとしたけれど、鼻孔をくすぐる甘い香りにがばっと身を起こす。頬に触れていたマイの手がはらりと葉のように落ちた。

「…………顔、洗うかぁ」

目元を拭《ぬぐ》う。穏やかだった心に、小さく、蠟燭《ろうそく》の火のような寂しさが灯る。

皺《しわ》を作るように胸元の服を強く握る。

寂しいはずなのに、寂しさがあることに安心を覚えるのはどうしてだろうか。わからないのに、今だけはあるべきだとそう思う。

頭をかいて、立ち上がる。

「すやぁ」

「寝てる、か」

じゃあ、さっきのは寝ぼけて見た夢だったのか。

「妹に見惚れるなんてあるわけないかぁ」

起こさないよう跨《また》いで、越えて。

部屋を出る。音を立てないように扉を閉じた――

第５章　ダウナー系美少女の母親がお茶に誘ってきたら

鎖錠さんがいない。

それは前とは違い、理由あるものだけれど、いつもよりリビングが広くなったような物寂しさを感じてしまう。

座椅子に座ってずずっと啜《すす》るコーヒーが苦く感じる。

僕の淹れ方が下手なのか。寂しさが苦さになっているのか。

こういうのを物思いに耽《ふけ》るというのだろう――

「にいさぁん」

こういうのを物思いに――

「ごろごろ」

物思いに――

「ちゅー」

「やめろ朝っぱらから鬱陶《うっとう》しい」

唇を突き出して、頬にキスしようとしてくるマイの額を押して引き剝《は》がす。

人が孤独に酔っているというのに、起きた途端に絡んできて暑苦しい。やけにテンションが高く、「やーん。兄さんのいけずぅ」と酔っているかのようににへーっとしている。

まさか、本当に酔ったわけでもないだろうけど、って。

「抱きつくな」

「えへへ。いいじゃーん。ヒトリさん居なくて寂しそうな兄さんを、妹様が慰めてあげようとしてるんじゃん。もっと嬉《うれ》しがれよー」

「あーはいはいそうね嬉しいね」

駄目だ。人の話を聞きやしない。

昔からどこかズレた妹だったけど、こういったわかりやすいスキンシップを求めてくることなんてなかった。女性声優さんがラジオで『弟大好き結婚したいちゅっちゅ』と言うのがリスナーへのリップサービスであるのと同じで、実際の兄妹《きょうだい》はそんなことしない。悲しいけれどこれが現実である。

もしかしたら、口では兄さんが寂しそうだからと言っているが、朝から鎖錠さんが居なくてマイも寂しがっているのかもしれない。そう思うと、少しは優しくしようと——

「うちゅー」

「顔洗って目を覚ましてこい」

――思うわけもなく。

痛くしないよう加減したチョップをマイの額に食らわせる。「いたぁ」と嬉しそうな鳴き声を上げた。

「なんなんだほんと」

あの後、マイは顔を洗ってきたが、兄さん甘えモード全開のままだった。

普段は素っ気ない癖に、時折、甘えてみせてはご主人様をメロメロにする気ままな猫のようだ。いや、僕はシスターにコンプレックスじゃないので妹にメロメロしないけど。

ただ、まぁ。

容姿含め愛らしい妹だ。甘えられて嬉しくないと言えば嘘になるが、どちらかと言えば『なにを考えてるんだ？』と警戒してしまう。堪《こら》えきれず、鎖錠さんが用意しといてくれた朝ご飯を食べて直《す》ぐに家を飛び出してしまうぐらいには。

玄関ドアに体《からだ》を預ける。

「なんかあるんだろうけどなぁ」

そもそも、突然、帰ってきた理由すら謎のままだ。

感情優先。お気楽で、今を楽しむことに全力。根っからの行動派。

なので、帰りたくなったから帰ってきたという理由なき理由でも納得はするんだけど…

…どうにも、母さんとの会話がチラつく。

「いいけどさ」

どうせ、考えたところでマイの考えなんてわかるはずもない。

それにせっかくの休日だ。寂しかったり、疲れたりするだけで終わらせるのはもったいない。

久々にレトロゲームでも漁《あさ》るかと、目的を新たに歩き出そうとしたら、隣の玄関がガチャリと音を立てて開いた。ビクッと体が反応する。

一瞬、鎖錠さんかと思ったが、そもそもアルバイトの面接なのでありえるはずもなく。

歩こうと右足を浮かせたまま固まっていると、出てきたのはスーツを着たサラリーマン風の若い男性だった。そして、鎖錠さんを訪ねた時に顔を合わせた、母親だと思われる女性が続けて顔を出す。

鎖錠さんじゃなかった安堵《あんど》と落胆が湧く。同時に緊張で体がこわばる。

同居について話をしたい……けど。

知り合いでもない女性に声をかけるなんて難易度が高いのに、見知らぬ男性も居ては弱々な僕の心は奮い立てない。

また今度、と。

そのまま、こそこそと通り抜けようとして、ごふっ、と思わず咽《むせ》て口の端からよだれが垂れそうになった。

鎖錠さんにそっくりだから、ではなく。いや、それもあるにはあるんだけど。

問題は彼女の格好がネグリジェのような薄い、スケスケ寝間着だったから。

前にも見たけど、二度目だろうが百度目だろうが、豊満な裸体が透けて見える扇情的な格好は見慣れそうになかった。思春期の男子高校生には刺激が強すぎる。鎖錠さんに似ているから尚更。

そんな油断しきった格好で出てこないでほしい。こっちは悪くないのに居た堪れない気持ちにされ、目を逸らそうとした。が、

――ちゅ、と。

なんでもないように、鎖錠さん母（仮）と男がキスをして、頭の中が真っ白になった。

絶句。

それだけに留まらず、恋人同士の別れの挨拶《あいさつ》というには、あまりに濃厚でネチョビチャと水音のするディープ過ぎる行為に、はわはわと唇がわななく。

目を丸くする。頬が熱い。目を離さなきゃいけないのに、つい見入ってしまう。

ニチアサキッズタイムになにやってんだこの人たちは——ッ⁉

背中から汗が噴き出す。

見ていられず、遮二無二駆け出す。

「あ——」

と、声が聞こえた気がしたけど、頭の中は真っ白。視界は英単語を覚える時に使う赤いシートを通したように赤くなっていて、逃げる以外のことを気にする余裕なんてなかった。

「あ、あっ、あばっ⁉」

無骨な鉄の階段を飛ぶように下りる。

目がぐるぐるするなんていうけれど、きっと今の僕の目は言葉通り渦を巻いているに違いない。

暴走機関車のように止まれないままマンションを飛び出し、走り続ける。

「……うぽぇ」

体力を根こそぎ使い切り、ふらふらとガードレールに手を突いた時には全身汗だくで。

迫り上がってくる吐き気に蹲《うずくま》るしかなかった。

■■

「「あ」」

と、声が重なる。かーっと顔が熱くなった。

逃げるように……というか、そのままマンションを逃げ出したはいいものの、頭からは濃密なシーンが離れず、レトロゲームを漁るどころじゃなくなっていた。

馴染《なじ》みのゲームショップの店員に『顔赤いけど風邪？　私にうつす前に帰れ』と心無い言葉で追い出され、だからと言って他にすることもなく、とぼとぼと帰路に就く。

もう……居ない、よね？　別れる時だったし、ね？

そうやって、警戒しつつも家に帰ろうとしたのだけど、どうやら僕の考えは浅はかであったらしい。通り抜けようとした、部屋に続くマンションの廊下。隣室の玄関前には鎖錠さんが居た。

ただし、母親（仮）の方が。

捨てられた猫のように煤《すす》けて、膝《ひざ》を抱えてしゃがみ込んでいる姿になにやら既視感を覚える。出掛ける前に目撃したピンクな情事のことも忘れて、やっぱり似ているなと、容姿とは違う部分に血の繋《つな》がりを見出す。

そんなことに気を取られたせいで、蹲る女性が顔を上げる隙を与えてしまい、目が合って、声まで重なる事態に陥ってしまう。

しまったと思っても遅く、忘れていたキスシーンを思い出して目を逸らす。口を手で覆う。

「……可愛いのね」

くすっと、笑われ頰の熱が上がる。

年上の余裕が感じられ、取り乱している僕が子供のようだと恥じ入る。これも子供っぽいのだろうけど、意地を張るようにして澄まし顔で女性を見る。

別に。全然平気ですけどっ？

心の声すら上擦って羞恥《しゅうち》は増すばかりだったけれど、鎖錠さん母の格好を改めて見て、少しだけ冷静になれた。

「あ、普通」

「……？」

可愛らしく小首を傾《かし》げた女性は、透け透けでエロエロなネグリジェではなくなっていた。お手頃な服飾店でセット販売していそうな、上下揃《そろ》いのスウェットというラフな格好。化粧一つしておらず、野暮ったい姿にほっと息を吐く。肩から力が抜ける。

それにしても、鎖錠さんによく似ているなと思う。

先ほどまでとは違い化粧もしておらず、玄関の前で蹲るなんて状況も相まって鎖錠さん本人に見えてしまう。光のある黒い瞳《ひとみ》に、長い髪といった差異がなければ勘違いしたかもしれない。

まるで双子の姉妹。そっくりというより瓜二《うりふた》つ。

もしかしたら、母親じゃなくって、本当に姉妹なのかも？

思うけど、姉や妹の話なんて鎖錠さんから聞いたことはない。まぁ、あまり家庭事情を話すタイプではないので、黙っているだけかもしれないけど。

「こ、こんにちは？」

「はい、こんにちは」

つい立ち止まってしまったが、なにを話していいかわからず、手遅れのように挨拶をしてしまう。けれども、冷めた目を向けることなく、受け止めて、笑顔で挨拶を返してくれる。

優しいなぁ、と思う。

色々と先入観があって悪いイメージを持っていたけど、実際接すると印象が反転する。

あぁ、でも男の扱いに慣れているだけかもしれないのか。

疑心が棘《とげ》のように刺さる。鎖錠さん寄りだから、どうにも悪い心象を拭《ぬぐ》いきれない。

伝聞だけで勝手なイメージを押し付けるのはよくないんだけどねぇ。けど、やっぱり
格好が色気のない野暮ったいものになって冷静さは取り戻した。けど、やっぱり気まず気まずさは残る。このまま何喰《く》わぬ顔をして通り過ぎようかなと一つ先、家のドアを見る。

けど、母さんとの約束もある。約束の期限がマイの気分である以上、いつまでも逃げているわけにはいかない。どういう事情で玄関前で蹲っているかわからないが、都合は良かった。

落ち着かない。手首を握る。唾《つば》を飲み込む。

「「あのっ」」

と、またもや声が重なる。目を見開くと、大きな黒い瞳が驚きで揺れていた。

最初もだけど、どうにもこの人とはタイミングが合わないというか、いやむしろ合っているのかもしれないんだけど。気まずさが重く満ちる。

「……すみません。あの、なにか？」

「い、いえ。私は……」

なんだか道を譲ろうとして鉢合わせた空気。お互いに遠慮で譲り合いになるかと思ったけど、僅《わず》かに口を開いた女性は、躊躇《ためら》うように唇を閉じた。

顔を伏せる。けれども、それも一瞬で。

意を決したように顔を上げた女性が捲《まく》し立《た》てるように言う。

「こ、これから一緒にお茶でもどうかしらっ⁉」

ぷるぷる小刻みに震えて、耳まで赤くしている。まるで、男を初めてデートに誘う初心《うぶ》な乙女のような反応だ。

言葉に、態度に。

面食らって、「へふ」と口から空気が漏れた。

お茶って、もしかしてナンパされてる？

■■

言われるがまま、連れていかれるがまま。

訪れたのはマンションからほど近い場所にある喫茶店だった。

バス停近く、畑に囲まれてポツンとある、掘っ立て小屋のようなプレハブのお店だ。

背景がだだっ広い畑の真っ茶色で、学校の帰りとかで通る時『なんでこんな所に喫茶店が？』と疑問符を頭の上に浮かべたのは一度や二度どころじゃない。

入り口側に窓もなく、中も窺《うかが》えない。

分かるのは風に揺られたのぼりに書かれている『喫茶店』ということと、『ハンバーグはじめました。』ということだけ。コーヒーはあるのだろうか。

一見しておしゃれとはほど遠い、『本当にお店か？』と疑いたくなる外見は、入店する勇気を萎《しぼ》ませる。

なので、一年前にできてから入店するのは初めてで、鎖錠さん母の背中を小さな子供のようにソワソワしながら付いてきたのだ。

初めて入る店内はプレハブ感満載の外観とは違い、至って普通だった。

僕が想像するような喫茶店そのもの。

木製の調度品類。テーブルに椅子。なんか頭上でゆっくりグルグル回る扇風機の羽根みたいなおしゃれな奴。ものすごく喫茶店だ。

出てきた若い女性の店員さんに案内されて、原木《げんぼく》をそのまま切って形作ったような小《こ》洒落《じゃれ》た椅子にちょこんと座る。

なんか緊張。

対面に座る鎖錠さん母は何度も来ているのか、店の雰囲気にも慣れているように動作一つひとつにこなれた感がある。

店員さんに「いつもので」と常連さん感バリバリの鎖錠さん母に対して、卓上にあったメニューと睨《にら》めっこしながら「あ、えっと……、コーヒーで」と、なんというか初心者感しかない僕。

ホットですか？　アイスですか？　という店員さんからの問いかけにも「ア、アイスで……」とテンパってしまい、店内は冷房が効いているというのに体の内側から高まる熱で氷のように溶けてしまいそうだった。

なにやってるんだろうなぁ。

情けなくて、乾いた笑いが漏れそうになっていると、急に鎖錠さん母が申し訳なさそうな声を出した。

「ご、ごめんなさいね？　その、ナンパとかそういうのではないの。私が言っても、信じてもらえないかもしれないけど」

「い、いいえ。大丈夫です。信じます」

しゅんっと肩を落としてしょぼくれた姿を見て、嘘だとは思わなかった。美人だから、というわけではない。多分、きっと。ただ、鎖錠さんに似ているから、というのはあるかもしれなかった。悲壮な顔はあまり……見たくない。

「家でもよかったのだけど」

「大丈夫です」

本当に。

というか、家だと色々と困る。

こうして、鎖錠さんの母親と思わしき女性と会うことすら心情的にはグレー寄りだ。それなのに、鎖錠さんの居ない間に家にまで上がるなんて……知られた時の反応を想像して胃が竦《すく》む。怒られるならまだいい。けど、泣かれるのはもう嫌だった。

あともう一つ理由があったりするのだけど、まぁ、これはどうでもいい。

エッチなお隣のお姉さんに自宅に誘われるなんてどこの同人サークルのエロシチュですか？　なんて。それこそ、鎖錠さんに知られたら塵《ごみ》を見る目で刺されかねない。

「……？　どうかした？」

「いえまったくなんでもありません」

至って平静で冷静沈着ですと手を上げる。「そう？」となんだか微妙な反応をされたけど、内心の動揺は欠片《かけら》も出していないのだから問題はない。背中がびっしょりなのはなんでだろうね？

運ばれてきたアイスコーヒーを紙ストローで飲みながら、上がった体温を冷ます。苦い。一気に半分ぐらい飲んでしまう。けど、やっぱりいくら平静を装ったところで自分を誤魔化すことはできず、動揺が心臓の音となって激しく鼓膜を打っている。

お茶に誘われた理由は……わかっている。多分、向こうも、僕が察しているのを理解しているはずだ。

言うか、言われるか。

アイスコーヒーで濡《ぬ》れた唇を微《かす》かに開いて僕から切り出そうとしたのだけれど、「その」と鎖錠さん母がおずおずと発した声に出鼻《でばな》を挫《くじ》かれる。

訊《き》くか訊くまいか。葛藤《かっとう》する様子に口を噤《つぐ》むしかなかった。

「その、ヒトリ……は、元気？」

「ひと、り……？」

誰それ？

予期せぬ名前に『はて？』と頭の疑問符が乱舞する。……したが、そもそもとして目の前の女性が僕との間で話題に出す人物など鎖錠さんしかいないなと思い至る。

となると、ヒトリというのは鎖錠さんの名前で。

そういえば、そんな名前だったような？　気が、……する。ちょっと自信ない。

鎖錠さんとしか呼んでいなかったから、下の名前とか完全に忘れていた。

あだ名で呼んでたら本名忘れるとか、多分そういうやつ。

名前を覚えていなくても一緒に居て困らないのが困るところだ。

そんな認識だからか、目の前の女性も鎖錠さん母。

適当すぎる。そう思うも、そういうものだろうとも思うのだ。

日本語はニュアンスで伝わり過ぎて困る。実際に伝わっているかは諸説あるが。

元気……ね。

たった二文字でありながら、意味するところはあまりにも広く、深かった。

なんとなく事情は把握しているんだと思う。

ただ、鎖錠さんが話したとは思っていない。一度きりとはいえ、僕は鎖錠さん母と以前に会ったことがある。それも、鎖錠さんを捜しに、だ。関係あると考えるのは自然だろう。

まぁ、そうでなくても一ヶ月以上。

ほぼ毎日。あれだけ通っているのだから、僅かでも娘に関心があれば気付きもする。そう思えば、こうして僕に話を持ちかけたというのは、母としての愛情が一欠片でもあるのだと感じさせてくれる。

ただ、少し意外でもある。

鎖錠さんの態度や断片的な情報で想像していた母親像とは結構ズレる。

もっと母娘みのない、殺伐とした関係だとばかり。

それだけに、形容し難い寂しさもあった。

一緒に暮らしていて、娘を心配するぐらいには想ってもいるのに。

赤の他人である僕に元気かどうか問うぐらいには、関係が冷めきっていることが、酷くやるせなかった。

「……元気ですよ」

「そう……」

スウェットの上からでも分かる、母娘を感じる膨らみに手を当て、そっと胸を撫《な》で下《お》ろす。

その反応は鎖錠さんとソックリで、血の繋《つな》がりを強く感じさせた。

見るからに安心していて、やっぱり姉妹ではなく母親なんだと思わせた。子を心配する母の姿がそこにはあった。

あぁ、本当にやるせない。

コーヒーを啜《すす》る。どうしてか、さっきよりも苦く感じた。
天井の羽根が回る。静かで、肌をヤスリで撫でるような痛々しい沈黙だった。同居につ
いて僕から話したいんだけど、空気が重く、どうにも声を出しづらい。
なにか換気できるような話題はないか。女性を楽しませる十の話題なんてあるはずもな
く、どうしようとストローを噛《か》んでいると、鎖錠さん母の薄い唇が僅かに開いた。
かと思えば、やっぱり閉じる。口ごもる。
その様子は被虐的で。
年上の女性だけれど、なんだか虐めている気分になって困ってしまう。
ふつふつと加虐心を煽《あお》られるというか、背徳的な愉悦を感じるというか。
さっきみたいに見るからにエロい格好をしているわけじゃないのに醸し出す色気があっ
て、ほんと……困る。
初めて感じる類の感情に困惑しつつも、僕はどうにか抑えて鎖錠さん母に水を向ける。
「えぇっと。なにか訊きたいことでも？」
すると、彼女の顔が嬉《うれ》しそうに華やぐ。
うっ。
鎖錠さんがまず見せることのない、太陽のような笑顔に胸がときめく。

いや。光のない虚ろな目の、死んだような顔も好きだし、そこからふとした瞬間に見せるちょっと口角が上がった不器用な微笑も大変良いものなのですが。

こう、ストレートなのもまた良しと言いますか……鎖錠属鎖錠科は顔が良すぎてなんでも良いに落ち着く。顔面が好みすぎて心臓が保たない。

いかんいかん、と。

一旦《いったん》落ち着くためにコーヒーを口に含む。苦味が心を平静に戻していく。

で、そんなときめきで動悸《どうき》がする僕を、鎖錠さん母が両手の指先を合わせ、上目遣いで見てくる。かわいい。

その整いすぎた顔立ちで、

「セッ○スは……してる、の？」

と。……は？

口の端からコーヒーがダラダラ零れ落ちていく。

「あの、お口からコーヒーが……」と指摘されるが、気にかけている余裕は今の僕にはなかった。股間《こかん》が冷たい。

聞き間違いじゃ、……ない、よね？

卓上に備え付けられた紙ナプキンで濡れた口を拭《ぬぐ》う。

「な、なにを仰《おっしゃ》っているのかわかりかねるのですが」

動揺が声に出て震えている。

そういうと、鎖錠さん母はこてんと可愛らしく首を傾《かし》げてから、「あぁ、ごめんなさい」と小さく頭を下げる。

一々所作が可愛いなもぉ。こんな人がセッ○スなんて言うわけがないと、今度はストローからではなくグラスを持ち上げて残りのコーヒーを流し込むように飲んでいく。体がホットなのである。

「ご、ごめんなさい。直接的すぎたわ」

それはもう蕾《つぼみ》が花開いた満開の笑顔で彼女は言う。

「殿方の棒を奥方の花に――」

「やめてやめて公共の場」

というか、遠回しになったようで余計卑猥《ひわい》。

口からコーヒーを吹き出してしまったが、気にしていられない。もう無理だ。聞き間違いにはできない。

この母親、ガチで娘と性交があるか訊いてるよ。

コーヒーが気管に入る。咽《むせ》て声が出ない。喉《のど》が痛かった。

「だ、大丈夫？」

「へ、いき……ですけど」

なんで？　涙で濡れた目で鎖錠さん母を見る。

ボヤケた視界だったが、鎖錠さん母が申し訳なさそうに俯《うつむ》いたのがわかった。

「私のせいで、あの子、そういう行為を嫌ってるから。彼氏さんに我慢させているんじゃないかと思って……」

「……あー、あ、あ」

喉を鳴らして整える。

色々と言いたいことはあるけど、ひとまず。

「彼氏じゃないんで」

「彼氏じゃない……？」

目を丸くさせる。その顔は幼く愛らしいものであったが、

「セフレ……？」

発言内容は幼いどころか爛《ただ》れていた。知らない言葉ですね。

なんでさっきからこう、発言内容は十八禁なのに、稚《いとけな》い反応なのか。

行動の端々は幼いのに、言葉はエロい方が萌《も》えるから？　最低にすぎる。

「そういう関係でもなくって、ただのお隣さんです」

勘違いを訂正すると、眉間《みけん》に皺《しわ》を寄せて訝《いぶか》しまれる。

「毎日、貴方《あなた》の家に泊まっていたのよね……？」

「………」

急に反論し辛い証拠を上げるのは止めていただきたい。

補給した水分が体中の穴という穴から一気に噴き出しそうだ。

僕とて、今の関係が正しいとは思ってないが、こうも真正面から突き付けられると堪《こた》えてしまう。

「じゃあ、貴方とヒトリは……どういう関係？」

尋ねられて、言葉に迷う。

それは、ずっと考えていて、答えの出ていない設問だったから。

わからない。本当に。

けど、たとえ今の関係が冷え切っていても、鎖錠さんを心配してくれている母親の前で、適当に誤魔化したり、嘘を吐《つ》いたりはしたくなかった。

だから、

「一緒にいるだけで良い人」

絞り出す。言葉にする。

「そう……」

憂いを帯びた黒い瞳《ひとみ》が細くなる。

しっくりとはこなかった。的確ではない。でも、嘘ではなかった。

だから、納得してくれたんだと思う。寂しそうな、羨《うらや》むような微笑《ほほえ》みを見て、切ない気持ちにさせられる。

そんな彼女に言うのは憚《はばか》られる。

けど、言わなければならなかった。だって、一緒に居たいから。居なくちゃいけないから。

「お願いがあります」

背筋を伸ばす。顎《あご》を引く。

二の足を踏みまくったけれど、ここに来てようやく腹が決まる。まるで、結婚の挨拶《あいさつ》だなと身悶《みもだ》えそうな考えを横に置き、真っ直ぐに鎖錠さんの母親を見つめる。

「鎖錠さんと同居することを許していただけませんか？」

「――――」

黒い瞳が丸くなる。

真っ黒な月のように瞬く瞳が、驚きを宿している。

一秒が一分、一時間にも感じられる沈黙。今更だ、とは思う。母さんに言われたからというのもある。

けど、鎖錠さんがよくっても、この過程はどこかで必ず必要だった。だから、このタイミングだったのは偶然や後押しされた結果でしかなくって、でも、どこかで必ずやるべき儀式でもあった。

鎖錠さん母の頰が僅《わず》かに上がる。小さな反応。けれど、叩《たた》かれたように体が震えてしまう。

目尻《めじり》を下げた彼女が、薄い唇を開く。

――ごめんなさい、と。

■

コップの氷がすっかりと溶け切る。表面は結露で濡《ぬ》れ、テーブルにじっとりと水面を広げる。

「身勝手なお願いをしてごめんなさい。でも、私は……」

「あぁ、いや。それは全然いいので」

頭を下げられても困ってしまう。

僕の要望こそ通らなかったが、鎖錠さん母のお願いは予期せぬもので、けれど至極真っ当なものだった。前のめりに、自分の考えばかりだったのを反省するほどに。

「今日のところはこれで。お願いについては……っ⁉」

腰を浮かし、席を立とうとしたところで、ぶっと噴きかける。

僕の突拍子もない反応に驚く鎖錠さん母を気にしている余裕はなく、ガバッと咄嗟《とっさ》に顔を伏せた。というか、隠した。

いやいやいやいやややや？

嘘でしょ。そんなことある？

ドッと体中の汗腺《かんせん》から汗が噴き出す。息をするのすら恐ろしく、両手で口を塞《ふさ》ぐ。

でも、そんな。あれだ。見間違いかもしれないし……ね？

そう願いつつ、微細な動きで顔を上げていき、僕の異変にオロオロする鎖錠さん母……その後ろを覗《のぞ》き見《み》て――絶望する。

「……本日は面接ありがとうございました」

カウンターの中。本当にそう思っているのかわからない、表情の死んだ顔で店員さんにお礼を告げるのは鎖錠さんその人で……。

ヘドバンする勢いでテーブルの下に頭を隠した僕は、心の声が漏れそうなほどに絶叫した。

バイトの面接って、この喫茶店だったのかよ――ッ！

運命なんてものを信じるほど純粋ではない。

けど、運が良いなと思うことはある。

同じ〝運〟という文字を使いながらも、意味は大きく異なる。

ここで言う運が良いというのは、ソシャゲーの単発ガチャで狙ったキャラが出た時とか、自動販売機のルーレットで当たりを引いてもう一本貰《もら》えた時ぐらいの良さだ。

日常の幸運。それぐらい。

運命というのは、もっとなんか、大きなうねりのようなもので。

変えられない。ＲＰＧゲームの強制イベントのようなものだと思う。

「せっかくならお茶でもしていく？」

で。なんて店員さんの声が漏れ聞こえてくる今現在。

運が悪いと形容するには、交通事故に遭ったようで表現として軽過ぎる。

だからといって、運命だなんて言葉は重すぎるし、認めたくはなかった。

もしも、運の神様がいるというのなら、もう少し考えてくれと言いたくなる。

人生ゲームでも、ＴＲＰＧでもないのだ。

サイコロ振ってイベント発生だなんて、僕は求めちゃいない。平凡平穏こそ幸せな人生だ。

なのに、今の僕は致命的失敗《ファンブル》をしてしまったように、不運で、不幸で。

テーブルの下で口を押さえて『あばばばばばっ』と目を回している。

どうしてこうなったと、嘆く余裕も頭も残ってはいない。

凶暴な肉食恐竜から逃げるような心地で、息を押し殺すしかなかった。

「……？　どうかしたの？　お腹でも痛い？」

レジ側に背を向けて座っているせいで、ＳＡＮ値がピンチな状況を理解していない鎖錠さん母の心配する声が近付いてくる。

身を乗り出しているのかもしれない。

僕は頭を隠して震えたまま、ちょいちょいと指先で後ろ後ろと伝える。

「？」

キョトンと不思議そうにしながらも振り返った鎖錠さん母は、途端、あばばしだしてテーブルの下で合流した。あ、お疲れ様でーす。

僕とは違い胸部に大きなクッションがあるので体を折りたたむのも大変そうだ。むぎゅうぅと潰《つぶ》れている。

なんでどうして⁉　と、鎖錠さん母の目が語っている。

もちろん、その疑問に僕が答えられるわけもなく、ブンブンッと首を振ることしかできない。

ただ、非常にマズイ状況であるのは伝わったはずだ。

嫌っている母親と会っている、なんて。

こんな状況を見たら一体どんな反応を示すのか。

怒る？　それとも軽蔑《けいべつ》する？　はたまた、泣き出す？

どうあれ、喜ぶことはないし、母娘仲が好転することはまずないだろう。むしろ、悪化の一途を辿《たど》るのは目に見えている。破滅一直線。

「遠慮します。……早く、帰りたいので」

「おっ。な～に？　家で待ってくれてる人でもいるの？」

からかい交じりの店員さんの言葉に、僕の耳がピクリと動く。

見つかったらヤバいと思いつつも、どうしても鎖錠さんの反応が気になってしまう。

鎖錠さん母の咎《とが》める視線をスルーして、そーっと顔を上げる。

レジの傍に立つ鎖錠さんは凍っていた表情を溶かし、頬を色付かせていた。

恥ずかしそうに小さく顔を伏せ、落ち着かなそうに二の腕を擦《さす》る姿は、どこにでもいる女の子で、

「…………はい」

と、頬を緩めてこっくりと頷《うなず》く彼女から、僕は目が離せなかった。

隠れるのも忘れて、体を起き上がらせてしまう。

言葉に尽くせないほど、胸にこみ上げてくるのは喜びだった。

僕がいると知らない場所で吐露された言葉は、直接告げられるのとはまた違った価値があるような気がして、心臓を高鳴らせる。

囁《ささや》くような声で「(日向さんっ)」と焦る鎖錠さん母の声に窘《たしな》められて、ユルユルと体をテーブルの下に隠す。

心臓が火になったように熱かった。

伝播《でんぱ》するように、心臓から体中に熱が広がっていく。指先がマッチのように、ボッと火が灯る錯覚を覚えた。

うわ〜〜〜っ。

声にならない叫びを上げて両頬を押し潰していると、カランカランッとドアベルの音が涼やかに店内に響き渡った。

顔を上げると、鎖錠さんの姿は入り口のガラスの向こう側に映り、そのまま消えていった。

ほっ、と。

零《こぼ》れた息に熱がこもっていた。

安堵《あんど》なのか、それとも、違う理由からなのか。僕にすらわからない。

意識は散漫で、のぼせたようにぼーっとしながら体を起こすと、鎖錠さん母と目が合ってハッと散らばっていた意識をかき集める。

困惑しつつも、物言いたげな瞳にたじろぐ。

「……仲、いいのね？」

「それは、……。まぁ……、それなりにはっ？」

声が裏返る。

彼女の言葉を聞かれたことも、その言葉に僕がどんな反応を示したのか見られたことも。

全てが羞恥《しゅうち》と熱となって、今の僕に返ってくる。

戸惑い、気まずさ。

誤魔化すようにコップを手に取り呷《あお》るが、コーヒーなんて残っておらず、喉《のど》に流し込まれるのは氷が溶けて溜《た》まった水だけ。

まるでお前の熱で溶けたんだぞと言われているようで。

僅かに残ったコーヒーの風味と合わさって、口の中に苦味が残り、喉はお湯を飲み込んだようにありもしない熱を感じ取った。

■■

「……おかえり」

「た、ただいま」

家に戻ると、玄関でエプロン姿の鎖錠さんに出迎えられた。

エプロンで出迎えられるのもいいなと浮ついたのは一瞬で、上ずりそうになる声をどうにか堪《こら》える。

ちょっと気まずい。まるで浮気《うわき》だなという危険な思考を振り払い、逃げるように背を向けて、脱いだ靴を揃えるためにしゃがみ込んだ。

と、

「どこ行ってたの？」

ドキーンッと心臓が大きく跳ねた。

今もっとも訊《き》かれたくない質問第二位である。

ちなみに、第一位は誰と会ってたのだ。

この質問のいやらしいところは、相手の素性を把握しているのに、質問した相手にあえて答えさせて罪悪感を煽《あお》り、罰そのものとすることで――じゃなくって。

いかんいかん。

これでは本当に浮気男みたいではないか。

浮気じゃない。浮気じゃないよー？　ちょぉっと誰と会っていたか言いたくないだけだよー？

「……あー」

言葉が出てこない。間延びした声で時間稼ぐ。

どうしよう。一瞬、誤魔化そうかなと安易な考えが浮かんだ。

けれども、そもそもあそこの店員さんには、鎖錠さん母と一緒にいるところを見られている。

バイトに受かれば、店員経由でバレる可能性は高くなり、『どうして嘘を吐《つ》いたの？』と問い詰められるのは必定。

その相手が鎖錠さん母とわかれば倍プッシュ。死刑は免れない。ガクブル。

なので「喫茶店」と素直に答えることにする。正直者がバカを見ない。そんな優しい世界であることを祈る。

ただ、誰とお茶をしたかまでは言わない。

訊かれなかったから。なんて、物語の伏線を雑に隠した言い訳のようなことを思う。まさか、自分がそんなことを考える日が来るとは思わなかった。

あれ、絶対わかった上で言ってないよね、と当事者になるとより理解できる。

「……喫茶店」

じーっと。

擬音が聞こえてきそうなほど、真正面から、視線で刺すように見つめられる。

真っ暗な瞳《ひとみ》をジト目にし、なにかを疑っていそうな雰囲気。

もしかして……バレてるの？

じわじわと首の後ろに汗をかく。そのまま背筋を伝い、寒気が体の芯《しん》を突き抜けた。

ドキドキドキ。

鎖錠さんの反応を待っていると、

「……そう」

と。それだけ口にしてリビングへと戻っていった。

廊下とリビングを繋《つな》ぐ扉がバタンッと閉じられる。

空間は閉じたはずなのに、咎めるような重苦しい空気が換気したようにどこかへ抜けていく。

ついでに、へなへなと足の力まで抜けてしまい、ぺったりと冷え切ったフローリングにお尻《しり》を着けて座り込む。

「助かっ、た？」

で、いいのだろうか。

わからないが、追及してこないのであればそれでいいだろうと思う。思いたい。思わせてください。

ほんと。体に悪いなーと早鐘を打つ心臓を胸の上から押さえると、

「──そういえば」

「うばひゃいっ⁉」

戻ってきて扉の陰から顔だけ覗《のぞ》かせる鎖錠さんに声をかけられ、心臓が破裂するんじゃ

ないかってぐらい跳ねた。一瞬、風船のように膨らんで、内側から胸を押されたような気さえする。

大丈夫だよね？　破れてないよね？

震える手で傷がないことを確かめる。

「……なにしてるの？」

「い、いやぁ……？　雷様かなにかかとぉ」

頭を抱えて、鎖錠さん側にお尻を突き上げる。

もちろん、故意にしたわけではなく、驚いて咄嗟《とっさ》に逃げようとした結果なのだが。

鎖錠さん側から見れば相当間抜けな絵面だろう。

廊下でお尻を突き上げているとか、蹴《け》り上げられても文句を言えない。

妹様ならまず間違いなく蹴り飛ばしてくるだろう。出迎えて来なくってよかった。

「まぁ、いいけど」

幸い、僕がどんな奇行を働こうがどうでもいいのか、鎖錠さんはあっさり流してくれる。

それはそれで関心がなさすぎて悲しいのだけれど。

わざわざ自分から広げたい話題ではないので黙っていることにした。

すとん、と持ち上げていたお尻を床に下ろし、反転。

正座をして鎖錠さんの『そういえば』の続きを待つ。

鎖錠さんは『なにをしてるんだ』という目で僕を見下ろしてくるが、やはり、さして興味はないのかなにもツッコむことはなかった。ありがたいことです。

代わりに、

「バイト決まったから」

端的に、用件だけを言い残して、再びリビングの扉を閉じて消えていった。

決まった？

アルバイトが？

ということは、面接して直《す》ぐ採用ということだろうか。そういえば、面接にしては長かったなと思う。軽い研修でもしていたのかもしれない。

即決するほど人が足りなかったのだろうか。

そんなにお客さんもいなかったし、店員不足には見えなかったが……まぁ、いいか。

今、重要なのは鎖錠さんがバイトに受かったということ。

めでたいことだ。

パタパタ両腕を振る。

アルバイトをすると聞いた時は、なんだか寂しかったけれど。

こうして、受かったと聞くと、我がことのように嬉《うれ》しくなる。

さっきまで抱いていた罪悪感や緊張なんてシャボン玉のように飛んで割れてしまう。

胸の内に残ったのは春の陽気のようなポカポカで。

じっとしてられないと、立ち上がって廊下を駆け出す。

「おめでとう鎖錠さん！」

「うるさい」

バタンッと音を立てて扉を開けると、さっそく叱られた。

開けた勢いが強すぎたのか、はね返ってきた扉に「いてっ」と頭をぶつける。

「……はぁ」

バカを見るような目を向けられるが、今はそんなことどうでもよかった。

「お赤飯？」

「……初潮はとっくに終わってるから」

「しょっ……!?」

とんでもない発言につんのめる。

なにを言い出すんだ急に。

もじもじと指を絡め、うにょうにょと唇をわななかせる。

「そ、そういうセンシティブというか、繊細な話は、その……なんて返せばいいのか困るから、冗談でも止《や》めて」

「赤飯って言うから」

言ったけども。

別に、お赤飯って初ちゴニョゴニョだけじゃないじゃん。祝い事の時に出すものじゃん。じゃあどんな時よと訊かれると、初ゴニョ以外の例は出てこないのだけれど。

あれ？　じゃあ、赤飯って言い出した僕が悪い？　セクハラ案件ですか？

「と、ともかく！」

声を上げて誤魔化す。

「……静かにして」とお小言を頂戴《ちょうだい》したけれど、反射で「それはごめん」と謝るだけで特に反省はしてない。今は湧き上がるテンションに任せる時である。

「今日はパーティだね！」

わーっと両手を上げて宣言すると、「ぱー、てぃ……？」とまるで初めて耳にした言葉のような疑義に満ちた声で言う。眉間《みけん》に深い皺《しわ》が刻まれ、見るからに『なんだそれは』と顔が物語っている。

「いやいや、パーティね、パーティ。別段珍しく――」

ないでしょ。と、言おうとしたけど、口は動かなかった。

そういえば、目の前の少女は誕生日とか、クリスマスとか、そういうイベントでパーティをしたことがあるのだろうか。

家庭環境を鑑みるに、ない……のかもしれない。

もしかしたら、記憶の奥底。幼い頃にはあったのかもしれない。

ただ、いつ頃かはわからないけれど、母親との関係が途切れて以降はそういうこともなかったはずだ。そもそも、そういったことを祝うどころか、日常生活すらままならなかったように思うし。

そう考えると、なんだか無性にお祝いしなきゃという思いが強くなる。

ただの自己満足。でも、それでいい。

僕がやりたいと思ったのだから、自己満足だろうとなんだろうとやるべきなのだ。

というか、やる。

「というわけで、今日のおゆはんはお寿司でも頼もうかと――」

「――は？」

スマホを取り出して出前アプリをプッシュしようとしたら、ドスの利いた声がプッシュしてきて指先が凍る。

怖々顔を上げると、先程まで無表情に近かったはずの顔に、明確な怒りが浮かび上がっていた。

な、何事？　失言した僕？　夕飯をおゆはんとか可愛く言ってみたのが癇《かん》に障ったの？

「お、おゆはんなんて二度と使わないから許して……」

「なに言ってるの？」

どうやら違ったらしい。

じゃあなにに怒ってるのとブルブル震えて涙目で訴えかけると、鎖錠さんはムスッと唇をへの字に結んだ。

「……私の作ったご飯は食べたくないって、そういうこと？」

「……へ？」

鎖錠さんが小さく唇を尖《とが》らせる。

最初、なにを言われたか理解できなかった。

けれど、へそを曲げたように顔を背けた鎖錠さんを見つめていると、理解が後から追いついてきて、自然と頰が緩んだ。

そういうこと……だよね？

可愛いなぁと思って見ていると、ますます鎖錠さんの唇が不機嫌そうに歪《ゆが》む。

「……なに笑ってるの？　もういい。一生料理なんてしない。出前でもなんでも好きにして」

「ごめんごめん。からかったつもりもないし、出前だからって鎖錠さんのご飯が嫌になったわけじゃないから。ね？　機嫌直してよヒトリちゃん？」

「っ、……ほんと、そういうっ」

真っ赤な顔でキッと睨《にら》みつけられる。

なんか怒らせてしまった。

けれど、先程までの怖さはなく、精一杯怒ってますと態度で示す子供のようで、なんだか微笑《ほほえ》ましくなってしまう。

あやすつもりで鎖錠さんに手を伸ばす。

払いのけられるかなと思ったが、なにも言ってこないし、手も下げっぱなし。そのまま髪に触れて撫《な》でると、黙って俯《うつむ》いてしまう。

なんだかほんと子供みたいだ。

「今日はちょっと豪勢に手巻き寿司にでもして、一緒に作ろっか。いくら食べたいいくら。あと、ウニ」

「……安かったら」

なんだか主婦みたいなことを言い出して笑う。

そのまま撫でていた頭から手を離す。

鎖錠さんは俯いたまま。顔は上げない。

動かなくなっちゃった。

電池でも切れたのかなと思っていると、ふいに両頰に手が伸ばされてドキッとする。

ひんやりと、スベスベとした陶器のような手で、顔の形を確かめるように撫でられて――

――ふにっと両頰を摘《つま》まれてしまう。

そのまま、ふにふにと弄《もてあそ》ばれる。

「はの……ひゃにふんの？」

「別に」

そう言いつつも、少し痛いくらいに摘まれ、上下左右ふにふにに引っ張られる。

「色々と……色々と思う所はあるし、言いたいことはあるけど」

伏せていた顔を上げる。

その顔は不満に満ちていると思っていたけれど、

「今日だけは許してあげる」

あまりにも自然に浮かべられていた微笑みに、束の間息をするのも忘れて見惚《みと》れてしまう。

そっと離れた鎖錠さんの手。

彼女の手は冷たかったはずなのに、触れられていた部分がいやに熱を持っていた。

なんだか白昼夢でも見たような気がして、意識がぽーっとしていると「そうだ」と鎖錠さんが思い出したように口を開く。

「連絡先、教えて」

バイトの緊急連絡先で登録したいからという鎖錠さんに、僕は「……う、うん」と頷《うなず》くことしかできなかった。


そわそわ。浮くような心地になっていると、僕の部屋の扉が開く。

「あ、兄さんおかえり～」

目を棒のように細め、ぴょんぴょんっと髪の毛のところどころを跳ねさせているマイが出てきた。

気怠《けだる》げに手を上げたマイは、こちらを見て「ん？」と零《こぼ》すと小首を傾《かし》げた。

「顔赤いけど、風邪？」

「違うっ」

慌てる。無意識に頬に触れそうになって、浮いた手を太ももに張り付ける。

「お前、また寝てたの？」

時刻は十二時に近い。こんな時間まで良《い》いご身分だなと半眼で睨むと、「いいじゃーん」とにへらへら笑う。

「それよりわたしお腹空いたー。ヒトリさんのお昼食べようよー」

「あー……？」

なにか今、ギスッと鈍い音を聞いた気がした。歯車の噛《か》み合いがズレたというか、円滑だったモノが急にぎこちなくなったというか。

隣を見れば、鎖錠さんもリビングに向かうマイの背を追っていた。

ただ、その表情はいつもよりも険しく見えて……って、あ。

「名前……」

そういえば、昨日まで義姉さんと呼んでいたのに、ヒトリさんって。

態度は変わらない。けど、その呼び方が変わった。まるで距離を取ろうとしているみたいに。

「なにかあった？」

「………」

言葉はなかった。ただ遠くを見るように、虚ろな黒い瞳《ひとみ》を細めるだけ。

「早く早くぅ」

手招くマイがいつも通りなのが、逆に違和感を浮き彫りにしているような気がした。

■■

どうしようが積み重なっていく感覚があった。

悩んでばかりで前に進まない。どうしようが積み重なった分だけ体《からだ》が重くなっていって、歩くことができなくなっていく。淀《よど》みなく流れていた水に、泥や砂利が交ざっていって、段々と流れが悪くなっていく感覚があった。

鎖錠さんのアルバイトが正式に決まって、家に居ない日。一人学校から帰って、座椅子を倒して天井を見つめる。

「どうしようかなぁ」

吐き出したところで、澱《おり》のように溜《た》まった悩みは吐き出せない。胃《い》の腑《ふ》は重く、動く気力を奪う。

ただ、僕が悩んだところで、あまり意味はないんだよなぁという思いもある。

選択肢はあった。けれど、抱えるいくつかの問題は、そのほとんどが僕がどうこうできるものではない。どちらかといえば中間管理職で、渦中に居るのに巻き込まれているだけでなにもできない。

暮れる夕日。刺すような陽光が目に当たる。

眩《まぶ》しい。そう思っていると、頭側からにょきっとなにかが生えてきた。

「どうしたの兄さん？　黄昏《たそがれ》ちゃって。憂う俺格好良いなーって感じぃ？」

「足の生えた頭痛の種が今来てなぁ」

「そりゃ大変。妹様が慰めてあげよう」

にっと笑ったマイが引っ込む。すると、ドンッとお腹を衝撃が襲う。おふっ、と息が口から漏れた。

「重い」

「は？　重くないが？」

お腹に乗っかってきたマイがドスを利かせてくる。

「怖いわ。慰めてくれるんじゃねぇのかよ」

「なに？　妹に慰めてほしいの？」

んふふっと含むように笑われる。うっざいなぁと思っていると、よいしょっと腹を跨《また》いできた。得意げな顔をしたマイを、座椅子に寝転がったまま半眼で睨む。

けれど、堪《こた》えた様子はなくって。

なにを思ったのか、そのまま倒れ込んできて、ぎゅっと首に腕を回して抱きしめてきた。ふわっと香る甘い香り。ちびっこいままと思っていたが、こうして密着されると女性特有の柔らかさを感じて、妹も女の子なんだなって思い出させる。

なんだか、無性に恥ずかしくなる。

「おいこらやめろ」

「なんだよぉ。妹が慰めてやってるんだから、もっと喜べよー」

「喜べるかっ」

離せと肩を押すが、「やー」とより強く抱きしめて抵抗してくる。そのせいで、服の上からではわからない薄い胸の感触が伝わってきて、口の端が引き攣《つ》る。

妹相手だ。劣情なんて抱かないが、兄妹《きょうだい》相手だからこそ変に意識をしてしまう。鎖錠さんに抱きつかれた時とは違う、精神的な負荷があった。常識とか、倫理観とか。そういうのが擦り減っている感覚だ。

辟易《へきえき》する。お気楽な妹と違って、こっちは悩んでるっていうのに。

「だいたい、普段はこんなわかりやすく甘えてこないのに――」

と、口にしたところで、ん？　と頭の奥でなにかが引っかかった。

それは記憶。遠い昔。セピア色になって、霞《かす》んで、忘れてしまうような出来事で。

でも、似たような状況になって呼び起こさせるぐらいには印象的な思い出だった。

顎《あご》を引く。肩に顔を埋《うず》めて、マイの顔は見えない。茜色《あかねいろ》の陽光が、顔色すら覆い隠してしまう。

けど、僕とマイは兄妹で。長い間一緒に居て。

今ではなく、過去を見て、わかることもある。

「寂しいの？」

「……っ」

震えが直《じか》に伝わってきた。こういう時ばかりわかりやすい。

いつもは冗談めいた軽い口調で、本心を覆い隠してしまうのに。

子供のように笑う。その癖、本心から泣いたり怒ったりしない。それは、マイなりの処世術。人とは感性の違う妹が、自分を理解してくれない他人と接するための生き方で、距離の取り方だった。

「なにお前。姉さんからヒトリさんに呼び方変わったのも、そのせい？」

「……」

「黙るなよ」

答えろとつむじを小突くと、「うぅ〜」とぐりぐり顔を押し付けてくる。

銀の髪が顔を撫《な》でてくすぐったい。頬をかくと、「……だって」とくぐもった声が僕の肩を震わせた。

「兄さんが、どっか行っちゃうんじゃないかって思ったから」

「……いやどこにも行かんが？」

むしろ、どっか行ったのは僕以外の家族である。

けど、マイとは見解の相違があるようで、「うそぉ」とぐずるように零した。

「だって兄さん、この前、わたしの手振り払ったもん」

「振りは……？　いつの話？」

「あさぁ。ヒトリさんが面接のときぃ」

あぁ。そういえば、そんなこともあったような、なかったような？

あの時は寝惚《ねぼ》けていたと思っていたが、ちゃんと意識はあったらしい。なら、その時に言えと思うけど、マイなりに思うところがあったんだろう。

「いや、あれは別に」

「兄さんが女の子のこと気にするなんて初めてだった。家に招くぐらい、入れ込むなんてこれまでなかった。わたしと同じで、兄さんは他人に気を許さなかったのに……！」

大したことはない、なんて言えなくなった。

上げたマイの顔は、涙と鼻水でぐずぐずで、どうしようもないほどに怒っていたから。

「でも、いい。よかったの。兄さんが誰と付き合ったって、それでも今まで通りの兄妹でいられるなら。いつでも会えるなら。でも、駄目。あれは駄目だ。きっとヒトリさんは許さない。必ず兄さんを独占する。誰にも渡さない。わたしの手の届かない場所に連れて行っちゃう……っ！」

服が裂けそうなほど胸元を摑《つか》まれる。引《ひ》っ搔《か》くように立てた爪が服を隔てたお肌に食い込み、傷を作る。痛みはある。けれど、ここまで感情を顕《あらわ》にするマイは見たことがなかった。

小学生の時、友達に『気持ち悪い』と拒絶された時ですら、抱きついて、甘えてきただけだったのに。

驚きで痛みが麻痺《まひ》している。妹の感情を受け止めるだけで精一杯で、それ以外の機能が失われていた。

なにも言えず、ただ見ていることしかできない。

「寂しい……さびしいよぉ」

「………そっかぁ」

「なんだよそれぇ」

ポタポタと涙が体に落ちる。気の利いた言葉なんて言えず、思いつかず、ただただ相槌《あいづち》を打つことしかできなかった。

情けない兄だなぁって思う。

けど、マイの言う通り他人と距離を置いて、深い付き合いなんてしてこなかったからか、どうにもこういう時に、なんて言えばいいのかわからなかった。だからと言って、適当な言葉でこの場をやり過ごす度胸すらなくって、口にできたのは短すぎる納得の言葉だけ。

ただ、僕の言葉に気が抜けたのか、ずずっと鼻を啜《すす》ったマイの頬が緩む。僕の不器用さも少しは役に立ったかと、ちょっとだけ気が楽になった。

「あー……なんだ。ごめん」

「こういう時ぐらい、ずっと一緒だよって言ってよぉ」

「それは……わかんないし」

先のことなんてわからない。事実、マイの危惧《きぐ》する未来はあるんじゃないかと、心のど

こかで確かに思っていたのかもしれない。だって、マイに突き付けられて、そんなわけないという否定よりも先に、あぁ、あるかもなって納得している自分が居たから。

「うそでもいいのに」

「人のこと言えないだろ」

僕とは違って頭が良いから、嘘を吐《つ》くなんて簡単なはずなのに。笑って本心を隠す。誤魔化すことはしても、嘘だけは吐かない。吐けない。

ため息が出る。

「似てない兄妹だって言われてきたけど、ぶきっちょな部分だけ似るなよなぁ」

「兄妹ってそういうものでしょ？」

そうか？　そうだろうか？　そうかなぁ……。

考えるけど、自分以外の兄妹像なんて知らないので、マイの言葉が本当かどうか判断できなかった。とはいえ、否定するほどでもないので、その疑問は心の中に仕舞っておく。実際、変な部分が似ているのは事実だから。

「鼻かみたい」

「服でかむなよ？」

既にマイの色々な汁でぐちょぐちょだけど、更に汚されるのは御免被りたい。手を伸ばして、座椅子の脇にあるティッシュの箱を摑んで手渡す。

「ぶびちぃいっ」

「女の子ぉ」

兄とはいえ、男の前で聞かせていい音ではなかった。女の子は綺麗《きれい》という幻想が壊れそうだ。

うへーっと広角を下げていると、「兄さん」と静かな声で呼ばれる。その顔は笑っていて、けれど、寂しさを隠しきれてはいなかった。

「寂しいから。会えなくなるのは嫌だけど。それでも、もし離れるなら、せめて言葉にしてほしいって、わたしはそう思う。そうでないなら、納得も折り合いも付けられないから」

「……うん、そうだな」

苦笑して、マイの頭を撫でる。

こっちの事情なんて知らないはずなんだけどなぁ。それなのに、僕の悩みに対する答えをくれたマイは、猫のように目を細めてもっと撫でろと擦り寄ってくる。

そうだ。そうだよなぁ。

離れていくにしたって、言葉にされるのと、されないのとでは心の持ちようが変わってくる。たとえ、結果が変わらなくても、必要な過程というのは存在するはずだ。そういう面倒臭いのが人間関係というものだ。

マイを見る。

似ても似つかないのに、その寂しそうな微笑《ほほえ》みに鎖錠さん母を重ねる。そうだなと、決める。決めた。

鎖錠さん母の、鎖錠さんと話をさせてほしいというお願いを叶《かな》えようって。

鎖錠さんは絶対に嫌がるし、なんなら裏切られたと思うかもしれない。

雨の日。公園で。

脳裏に焼き付いた心の砕けた彼女を思い出すと、本当に会わせていいのかと疑念は付き纏《まと》う。けれども、通すべき筋で、過程だと今なら確信を持って思えるから。

「兄さん」

呼ばれる。顔を上げると、マイは赤く腫《は》れた目でしっかりと笑っていた。

「妹は一生だから。簡単に離れられると思わないで」

「そら怖い」

宣言に笑う。

妹は一生。ならきっと母親も——

第６章　ダウナー系美少女と四者面談に出席したら

マンションのエントランスに通じる扉を開ける。

十月に入ったからか、それとも空調管理がされていないからか。夏の湿度や暑さを残しつつも、どこからか通る風に肌寒さを感じる。少しだからと、半袖《はんそで》なんて軽装で出たのが失敗だった。剝《む》き出《だ》しの腕を撫でる。

「もう秋だもんなぁ」

秋も半ばが過ぎたけれど、年々残暑は厳しくなっている気がする。過去最高の暑さなんて言葉がニュース番組で飛び交うのにも慣れてきた。けれども、十月ともなればこうして寒さを感じるもので、ちょっと外に出るのにも服装に気を遣う。

手早く済ませようとすすすっと擦り足で移動すると、オートロックの扉が開く。そのまま越えて、管理人室の暗い小窓を横切り、すすすっと外に――ではなく、真横に滑る。目的地は郵便受けだった。

かる。

「えーっと」

郵便物を食べる口を指差し確認していく。六階。『日向』の名前。その隣。

見つけて、ポケットから小さく折りたたんだプリントとメモを取り出す。開いたプリントはくしゃくしゃで皺《しわ》だらけ。端なんか切れていて、鞄《かばん》の底で放置されていたのが見てわかる。

原形を留めているだけマシだよねと思いつつ、メモと一緒に投函《とうかん》する。……しようとして、郵便受けの口の蓋《ふた》を少し押し開けて止まる。止める。

「……」

入れたら、後戻りはできない。そう思うと、最後の最後だというのに躊躇《ためら》ってしまう。

それは鎖錠さんが居なくなって、彼女の家を訪ねようとした時と似ていた。

あの日は、インターホンを押すかどうかで迷って、最後には帰ろうとしたけれど。

「まぁ、今更だよね」

押し込む。狭い口にプリントとメモ紙が呑《の》まれていき、指を伸ばしても届きそうにない。

郵便受けから手を離し、息を吐く。これだけの作業だったのに、どうにも気疲れしてしまう。歳だろうかって、まだ十代なのに老いを感じる。

「精神年齢が加速度的に増してるのかね」

なんて、冗談なのだけど、本当にそうなってたら嫌だなぁと踵《きびす》を返す。

家に帰ろうと来た道を戻る。当たり前だけど、オートロック扉は閉まっているので、鍵《かぎ》を取り出そうとポケットに手を突っ込む。……突っ込んで、指を動かして………あれ？

「……ない？」

嘘。え……ま、えぇ。

両ポケットをひっくり返しても、出てくるのは糸くずだけ。上はTシャツで鍵を入れる場所なんてない。

「やべぇ。置いてきた」

そういえば、家を出る時に鍵を閉めた記憶がなかった。

マンションを出るわけじゃないからと油断していた。投函するためにはオートロック扉の外に出るわけで、出た後は当たり前だけど勝手に閉まる。オートロックだから。閉まらなければ、逆に困ってしまう。

「あー……どうしよ」

タイミングが悪いことに、今は家に誰も居なかった。

鎖錠さんはバイト。マイは買い物。

まだ外は明るく、日も照っている。けれど、今日は休日で、鎖錠さんはそろそろ帰ってくるはずだ。マイの買い物は……正直、当てにならない。ちょっとそこまでと言って、平然と県越えするような奴だ。北海道に一時帰宅したと言っても、驚きはしない。

インターホンの前で膝《ひざ》を抱える。

「コンビニでコーヒーでも……って、お金もないぃ」

詰んだ。

今日が平日であれば、管理人さんにお願いすることもできたが、生憎《あいにく》休日である。完全に締め出されてしまった。

「鎖錠さんのバイト先に行くのは、いやいや情けなすぎるし、鎖錠さんに迷惑が――」

「私が、なに？」

膝を抱えたまま顔を上げると、視界が黒で染まる。

「急に暗くなった……？」

「なに言ってるの」

鎖錠さんが屈むと、ようやく顔を拝むことができた。

黒いパーカーを大きく押し出す胸が迫ってくる。あぁ、と顔が見えなかったわけを理解した。

「大きい人に膝枕《ひざまくら》したら顔が見えないとかそういう」

「……」

げしっと、無言で脛《すね》を蹴《け》られた。痛い。

「……で、こんなところで膝を抱えて、なにしてるの？」

「それを鎖錠さんに問われる日が来るとは思わなかったなぁ」

逆の立場になるとも思っていなかった。

あの日、僕を見上げた鎖錠さんの視界は、こんな風に僕を見上げていたのかなって思う。

立ち位置は違うけれど、既視感にも似た感覚があって、ちょっとおかしくなる。

「……置いてく」

「ごめんなさい鍵を忘れて締め出されちゃったの助けて」

「……最初からそう言えばいいのに」

呆《あき》れられつつ、鎖錠さんは取り出した鍵で扉を開けてくれる。よかったと、胸《むね》を撫《な》で下《お》ろしつつ、さっさと先を歩く鎖錠さんを追いかける。丁度、エレベーターが来ていたので乗り込んで、ボタンを押す。

昇る。階を示す数字が増えていくのを見ていると、鎖錠さんが声をかけてきた。小さな声だったけど、静かな室内のおかげでよく聞き取れた。

「なにやってたの？」

「んー」

上を向くと、エレベーターの白い電光が眩《まぶ》しかった。薄く瞼《まぶた》を閉じる。

どうしようかなって、下唇に親指をそっと添わせる。考える。考えて、まぁいいかって
軽い気持ちで口を開く。

「この後、話……いい？」

決意、なんて高尚なモノはなかった。
ただ、流れがあって、丁度良いかなって思ったから。今までずっと胃の底で鉛のように
溜《た》まっていたそれは、綿にでもなったようにあっさりと口から出ていった。
悩みの解消なんて、大抵の場合そんなものなのかもしれない。
少し前までは一緒に下校して、縦に並んで家に帰ってきていたけど、鎖錠さんがアルバ
イトに行くようになってからというもの、一人で玄関を潜《くぐ》ってばかりだった。
騒がしい妹が出迎えることもあって、寂しいと思う暇はなかったけれど。
鎖錠さんが鍵を開けて、僕が閉めて。
玄関を上がることに、感慨深さを覚えてしまう。もしかしたら、これが最後になるかも

しれないと、僅《わず》かな可能性であっても考えてしまっているからかもしれない。

無言で廊下を歩いて、手を洗って。

リビングに着くと、締め切った部屋特有のむわっとした空気に出迎えられた。ちょっと外に出ていただけなのにと、顔をしかめる。それとも、気付いていなかっただけで、最初からこんな空気だったのかもしれない。窓から差し込む光の中でクラゲのように浮く埃《ほこり》を見て、いそいそと窓を開ける。

「珍しい」

言われて、そういえばこういうのは鎖錠さんに任せっきりだったなと反省する。

「たまには、ね？」と誤魔化しつつ、テーブルの前で正座する。

エレベーターでの前置きもあってか、察するように動いた鎖錠さんが対面に座った。目線の高さが揃《そろ》う。身長も近いけれど、足の長さも同じぐらいなのかなって、こんな時だけれど安心してしまう。

「話ってなに？」

けれど、高さが同じだからか、黒い瞳《ひとみ》が真っ直ぐ向けられて僅かに頭を下げてしまう。

責められているわけじゃないけど、言葉にはない圧を感じて、勝手に気圧されてしまった。でも、微《かす》かに揺れる長い睫毛《まつげ》を見ると、それは緊張のせいなのかもって思い、頭を前に戻す。

話ね。話、話……はなし？

「……なんだっけ？　って、言ったら怒る？」

「……はぁ」

「待って待って冗談だから覚えてるから。呆れてどっか行こうとしないで、ね？」

ため息と同時にテーブルを叩《たた》くように両手を突いた鎖錠さんを慌てて止める。二重の意味で空気が重かったので、換気も兼ねたジョークだったのだが、ご好評いただけなかったらしい。一瞬、空気に呑まれて本当にど忘れした、というのは黙っておく。今度は止める間もなく話を切り上げられてしまいそうだ。

「……バカなこと言ってないで、用件があるなら早くして」

「はい……」

話す前から怒られてしまった。しょんぼり肩を落とす。

本題になったらどんな反応を示すのか。先行きが不安過ぎる。

浮かした腰を下ろし、座り直した鎖錠さんと再び向かい合う。

静かだった。時折、キッチンの方からピチョンッと水の落ちる音が波紋のように広がっては消えていく。

「えっと……」

いざ口にしようとすると、喉《のど》の辺りで引っかかってしまう。膝の上に置いた拳《こぶし》の中で汗が滲《にじ》む。開いて、膝を擦《さす》る。

エレベーターでは簡単に切り出せたのに。

僅かとはいえ間《ま》を空けたせいか、声を出すための抵抗を体中《からだ》に感じていた。

お腹が、肺が、喉が、舌が。

少しずつ抵抗があって、口から言葉を発しようとした時には、か細い息となって空気中の埃に交じってしまう。

外だからと思って、エレベーターでは『話がある』に留めたけど、あの時に勢いで言ってしまえばよかったと遅まきながら後悔する。せめて、かしこまるんじゃなかったと、重たくなった空気を感じて思う。

上目遣い気味に、鎖錠さんを見る。

その顔に浮かぶ感情は薄い。僕の反応を訝《いぶか》しんでいるぐらいで、ほぼ無と言ってもいい。

彼女の心に感情がないのは、真っ白だからではない。

様々な感情という名の色を塗り重ね、黒く染め上げられただけ。漂白ではなく、なにも感情を出せないほどに、多くの感情が彼女の中でせめぎ合っている結果、なにも感情がないように見えるだけなんだと思う。

そうなった理由。大きな割合を占めているのはきっと鎖錠さんの母親だ。

口の中が乾く。喉が鳴る。

これからする僕のお願いに、鎖錠さんはどんな反応を示すだろうか。

怒る？

どうでもいい？

呆れる？

それとも——雨が降るように泣くのか。

鎖錠さんと過ごした日々は、まだ半年にも満たないほどに短い。

けれども、過ごした時間の密度は濃い。それでも、彼女がなにを思うのか想像もできなかった。

泣いてほしくはない……けど。

それでも、多分、これは必要な過程だから。

ぐっと拳を握る。乾いた口の中で、ない唾《つば》を飲み込む。

顔を上げて、僕は言う。

「三者面談に出て——母親に会ってくれない？」

口にした。できた。そのはずだ。

確かに声に、音になって鎖錠さんの耳に届いたはずだ。

そのはずなのに、彼女に変わった様子はない。

言葉を発する前と後とで、なに一つ変化がなかった。

まるで、一枚の写真のように。

「……」

「……」

痛い沈黙が場を支配する。

ざらついた紙で肌を撫でられるような感覚。

一秒進むごとにじわじわと喉を締め付けられて、呼吸が細くなっていくような息苦しさを覚える。

どれだけ時間が経ったのだろうか。

過呼吸になりそうな息のし辛さに胸を押さえようとした時、彼女が瞳を閉じた。そして、眉間《みけん》にシワが刻まれる。

悪い変化。遂には喉が閉じて呼吸が止まる。

息苦しさか。それとも彼女の思わしくない反応のせいか。

血の気の引く音がぞわりと耳を撫でた。

「え、あ……のっ」

なんと言えばいいのか。口に残った空気でどうにか言い訳を募ろうとするが、意味のある言葉は出てこなかった。

頭の中が真っ白どころか、真っ暗になりそうで。

それでも、なにかを言おうとした時、鎖錠さんが深く深くため息を吐いて言う。

「……ほんっとうにあなたって人は」

途端、張り付いた空気が霧散する。

呆れたような、落胆したような。

けれども、決して怒りとは違う反応。

あまりにも想像とは違う鎖錠さんの態度にぽかーんと口を開けて、僕は目を瞬《しばたた》かせるしかなかった。

「違うとは思ってたけど、バカみたい」

なにが違って、なにがバカみたいなのか。

自嘲《じちょう》気味に吐き捨てる鎖錠さんに困惑していると、下を向いていた暗い瞳が僕を捉《とら》えた。ドキリと心臓が跳ねる。

「で、どうして？」

「どう、してっていうのは？」

喉を引きつらせながら確認すると、元々半分閉じていた瞼が更に下がり、黒い瞳が鋭く研ぎ澄まされる。

こちらの嘘を許さないとでもいうように、鋭利で細い。

まるで、刃物を突き付けられて脅迫されているような感覚に陥る。

「……わかりきっていることを訊《き》かないで」

それとも私の口から言わせるつもり？　と視線の圧力が強まる。

無意識に体が逃げようとしているのか、上半身が後ろに下がった。

わかっているかどうかと言われると、まぁ、わかっていて当然ではあるのだろうけど。

どうして僕が三者面談に出席してほしいのか。

どうして……鎖錠さん母に会ってほしいのか。

言いたくないなぁ。

下唇を甘く噛《か》む。

説明したら鎖錠さん母と隠れて会っていたことも突っ込まれるだろうし。

その時の反応を想像するとあまりにも怖い。

平手で許してくれるかな？　鎖錠さんの場合グーが飛んできてもおかしくないけど。

ただ。

ここまできて隠すわけにもいかないのは自明の理で。

黙秘したところで鎖錠さんの機嫌が下降するのは間違いなく。

どっちにしろ怒られるのであれば、まだ話した方がマシだと、僕は乾いた唇を舐《な》めて滑りを良くする。

「偶然……ね？　鎖錠さんのお母さんと会う機会がありまして、その……娘と一度話をさせてほしいと頼まれたもので」

「……偶然、ね」

鎖錠さんの言葉に心臓が萎縮《いしゅく》する。

恐る恐る彼女の反応を窺《うかが》うが、酷く淡泊で、怒っているようには見えない。

ただ、その内側で一体どのような感情が渦巻いているかは、彼女ではない僕にはわからなかった。

ただただ一緒にいる。

それだけで良くて、だからこそ心地好《よ》くって。

相手の事情に踏み込まないという暗黙の了解があったからこそ保たれていた関係を、今、明確に踏み越えた。

　必要だと思ったから。

　でも、ただそれだけで今の安穏とした関係性を壊したいのかと問われれば否定する。

　鎖錠さんにとって、僕やこの家は一種の逃げ場所であったはずだ。

　母親から、家庭環境から。

　あらゆる柵《しがらみ》から逃避するための駆け込み寺。

　だから、自分からなにも語りはしなかったし、僕のことにも踏み込もうとはしなかった。

　これはエゴだ。

　鎖錠さんのためになる。

　そう思っているし、そう願っている。

　けれど、それは押し付けであり、彼女が望んだことではない。

　せっかく見つけた避難場所を踏みつけて壊すような所業。

　そんなことをしでかした僕に、彼女が向ける感情はなんなのだろうか。

　失意か。拒絶か。

　最悪、殴られるのも覚悟していたが、鎖錠さんの反応は変わらず淡々としたもので、至極あっさりとしていた。

言った僕の方が驚いてしまうぐらいに。

「……しょうがない、か」

浅く吐き出した息はなにを意味するのか。

肩を落とした鎖錠さんは一瞬目を伏せた後、顔を上げる。

「わかった」

「………いい、の？」

初めから予想通りになるなんて思ってはいなかったけれど。

憤ると思っていただけに肩透かしを食う。

導火線に火を付けたのに不発だったというか、弾の入った拳銃《けんじゆう》の引き金を引いたのに
ジャムったというかなんというか。

余程意外な顔をしていたのだろう。

テーブルに肩肘《ひじ》を突いて頬を支えると、鎖錠さんはムスッと唇を結んだ。

「なに。その反応」

「あー、いや……その」

「ムカつく」

端的に苛立《いらだ》ちをぶつけられ言葉に詰まる。

「行かなくていいの？」

「いやいやいやっ⁉　行ってくださいお願いしますっ！」

卓に身を乗り出す勢いで言うと「最初からそう言って」と文句を言われる。

いやまぁ。

その通りではあるのだけど、すんなりと受け止められるのがあまりにも意外すぎたというか、本物の鎖錠さんか疑いたくなるレベルでビックリしているというか。

動揺して目を泳がせていると、本日何度目かとなるため息を吐《つ》かれる。よっぽど呆《あき》れているらしい。

「……リヒトが気を遣ってくれているのはわかるから。言ったら私が怒るかもと思うのは仕方ないんだろうけど」

「そ、そうだよね？」

良かった。理解はしてくれてる。

長く息を止めていた後に吐き出したような開放感。

ようやく肩の荷が下りたと思ったのだけれど、気を緩めるには早すぎたようで。

「ただ――」

と、鎖錠さんがテーブルを回り込んでくる。

なんだなんだと思っているうちに隣に腰を下ろして、ふにっと両頬を摘《つま》んできた。

「——コソコソされるのはムカつく」

ぐにぐにされる。

「いはい《痛い》へふ《です》」

「痛くしてる」

でしょうね。

とはいえ、ちょっと抓《つね》られる程度の痛みだった。

これがエゴを通した罰だというのなら甘んじて受けようと抵抗はしなかったのだけれど、

「私になにも言わないで、喫茶店で会ってたのは許せない」

——ひっ、と喉《のど》が引き攣った。

体が凍る。心が凍る。

バレてたのか。じっと、くっつきそうなぐらいの距離から見つめられて、すいーっと視線を横に逃がす。冷や汗が止まらない。

そういうつもりはないのだけど、浮気《うわき》がバレて彼女に問い詰められる彼氏の気分だった。

迫る黒い瞳《ひとみ》に呑《の》み込まれそうで怖い。

「二人でお茶して、楽しそうだったね……？」

「ひ、ひは違《ち》いまふ《います》」

「なにそれ。ふざけてるの？」

頰は蹂躙《じゅうりん》されているから、まともに喋《しゃべ》れないのだけど、そんな理不尽はお構いなしだった。辛い。

けど、悪いのは明らかに僕なので、ちゃんと喋れたとしても、なにも言えなかっただろうけど。

ただ、今の状態では言い訳も謝罪もできはしない。

捲《まく》し立《た》てるというには静かだが、チクチクと針で刺して痛めつけてくる陰湿さがあった。

「一応訊くけど」

と、牽制《けんせい》の一刺し。ワントーン声が低くなったのが恐怖を煽《あお》ってくる。

「……あの女と、そういう関係って、わけじゃない……よね？」

「――ッ!?」

喋れなかったので、ブンブンブンッと顔を横に振る。

その勢いで鎖錠さんの手が離れた。なので、言い訳ではなく、誤解がないように強く否定しておく。

「ないないないっ。違うから。ほんとうにそういうんじゃないから。いや、隠れて会ってた時点で信じられないっていうのはわかるけど。ないから。それだけは違うから！」

捲し立てる。言い募る。

一緒に暮らしている女の子の母親と関係を持っているなんて誤解されたら、色々な意味で生きていける自信がなかった。

同居的にも、社会的にも。

鎖錠さん母は魅力的な女性だ。鎖錠さんと良く似た見た目だし、胸は大きい。凄《すご》いおっきい。

でも、だからといって男女の仲になるわけじゃない。

「その……ほんとに偶然で。話したのはあの一度切りで、黙って会うのはどうかとは思ったけど、鎖錠さんに言ったら気にしそうだったし。母親になにも言わずに娘さんを泊めてるのもどうかと思ってて…………あー待って待って」

違うそうじゃない。

言葉を切る。

最初から最後まで。

懇切丁寧に説明するのが誠意かとも思ったが、多分、そういうことじゃないはずだ。

震える唇を押さえるように噛《か》み、顔を上げる。

至近距離でなにも言わず。

じっと見つめてくる鎖錠さんに負い目を感じながら、僕は頭を下げた。

「隠していて、勝手なことしてごめんなさい」

誠心誠意の謝罪。

言葉を尽くすのではなく、言葉に思いを込める。

「……そう」

と、頭の上を短い返答が通り過ぎた。

僕の思いが伝わっている……なんていうのは、謝った側のそうあってほしいという願望でしかないだろう。

ただ、声に怒っている様子はなかった。

頭を上げるタイミングがわからず、おっかなびっくり顔を上げる。

「怒ってない……？」

上目遣い気味に尋ねる。

まるでイタズラした子供そのままの態度。

自分自身に情けなさを覚えつつも確認すると、ジト目になった鎖錠さんがキッパリと告げた。

「怒ってる」

「ごめん」

再び頭を下げようとすると「別にいい」と制止の声がかかる。

鎖錠さんが口元を片手で覆う。黒い瞳だけを横に向かせる。その行為は僕を見ないようにしているのか。どうしてか彼女は居た堪《たま》れなそうな態度を取ってくる。

一から十まで勝手な真似をしたのになぜだろうと不思議に思っていると、鎖錠さんが口を開いた。

「……リヒトがそういう気遣いをする人だっていうのはわかってた。……わかってる。知ってたのに、甘えて、知らないフリをしたまま過去を清算しなかった私の責任でもある」

清算という言葉が引っかかる。

それは……と、口を挟みそうになるけど、続く鎖錠さんの言葉に口を噤《つぐ》む。

「最初はともかく。引っ越すなら、私から伝えるべきだった。ごめん。私に言い難かったのも……まぁ、わかるから、いい」

納得はできないけど、と唇を尖《とが》らせる。

「だから、謝らないで」

「鎖錠さん……」

思ってもみなかった言葉になんだか感動してしまう。じんっと心が感動で震える。

少し前までこんな風に言える余裕なんてなかったのに。

ちゃんと現実と向き合い、折り合いを付けていることに驚きとともに嬉《うれ》しさが込み上げてくる。

同時に、淡い寂しさも。

変わっている。成長している。だから、この歪《いびつ》な同居生活も――

「でも、隠れて会ったのは許さないから、それは謝って」

「……ごめんなさい」

許されてなかった。ガクッと首を垂らす。

「反省してるなら、今回だけは許す」

そう言いながら、鎖錠さんが立ち上がる。

今回だけ、という部分に恐怖を覚える。もしまた同じことをしたらどうなるんだろう……？

もちろん、そんなまたやりますと同義な質問はできないけれど、明文化されない罰は不安を煽る。次は絶対やらないようにしようと僕を戒める。

もし、これが鎖錠さんの目的だというのなら、男の操縦が上手いなぁと思う。見事に操られた僕が感心することじゃないんだけど。

「……あぁ、言い忘れてた」

鎖錠さんがぽつりと零した言葉に、背筋が伸びる。

お説教は終わったと思って完全に油断していた。え、なに、怖いとこわごわ上目遣いで見ると、どこか愉快そうに小さく頰を吊り上げた。

「リヒトにも出てもらうから、三者面談」

——責任取ってね？　と。

その意味を問い質すこともできないまま、鎖錠さんは背を向けキッチンに消えていく。

責任という言葉を反芻《はんすう》し、その重さに押しつぶされた僕は、パタンッと背中から倒れた。

天井だけは、変わらず無垢《むく》な白さだった。

■■

その日は酷く深い眠りだった。

昨日の夜、なかなか寝付けなくって、二枚の敷布団の間。お隣さんと妹に挟まれて寝返りも打てない状態で、数える星もないまっさらな天井を見つめ続けるしかなかった。

欠伸《あくび》が出る。きっと体は睡眠を求めているのに、頭が冴《さ》えて寝付けない。考えてもしょうがない心配ばかりが頭の中でぐるぐるする。回し車を延々と走るハムスターの気分だった。

けど、ハムスターだって疲れれば走るのを止《や》める。それと同じで、いくら目が冴えていようとも、いずれ意識は落ちる。最後に時計を確認した時には、深夜三時を回っていたけれど、眠った時は何時だったのだろうか。

わからないけど、そんな時間まで起きていれば、朝起きられないのは当たり前だった。

体《からだ》を揺すられても、意識はぼんやりしていて、覚醒《かくせい》にはまだ遠い。

頭の裏側。自分でも判別できないどこかで、今日は早く起きないといけないと急かすけれど、ちゃんと休めていなかった頭は重く、まだ眠いと脳の大半が起きるのを拒む。

だから、僕が一人で起きるのは無理で。

どうにか起きられたのは、根気よく体を揺すって、「起きて」と氷のように冷たく、けれども澄んだ声を掛け続けてくれた彼女のおかげだった。

瞼《まぶた》を開く。けど、開いたカーテンから朝日がこれでもかと入ってきて、また閉じる。寝起きには強すぎる光だ。知らない間に抱えていた枕に顔を埋《うず》める。そのまま、ぐぅっとわかりやすいいびきをかいて、二度寝しようとしたところで、今度は頭を軽く叩《はた》かれた。

「二度寝しない」

「……ふぁい」

わけもわからないまま、言われたままにのっそりと体を起こす。片腕で枕を抱えたまま、ごしごしと目を擦る。くぁっと漏れる欠伸が、まだ眠いと訴えていた。

こくこく、と船を漕《こ》ぐ。眠りの船出まで後一歩。けれど、それも薄ぼんやりとした視界が晴れたら、あっさりと欠航となった。

朝日に照らされながら、微笑《ほほえ》む鎖錠さんの姿に大きく目を見開く。

「起きた？」

「たぶん……？」

夏から冬へ。衣替えを経て、紺のブレザーになった鎖錠さんが虚ろな目で見つめてきていた。微笑みは朝露のように儚《はかな》く消えて、薄い唇は上がりも下がりもしていない。

寝惚《ねぼ》けて、陽の光の中で見た幻だったのかなぁ。

思っていると、スカートの花を咲かせて膝《ひざ》を突いている鎖錠さんが、朝の静けさにふさわしい小さな声で言う。

「……おはよう」

「おはよう」

変わらないいつもの朝。けど、最後かもしれない挨拶《あいさつ》だった。

特別な日だと思っていたのは昨日の僕だけで、起きてみればなんら変わらない日常が待っていた。

顔を洗って、朝ご飯を食べる。

制服に着替えて、鎖錠さんと並んで玄関を出るのもいつも通りだった。

もしかして、勘違いだったのかなって思う。

特別だと思っていたのは僕だけで、実はなんてことのない平日でしかなく。

学校に登校しても、普通に授業を受けて、鎖錠さんとお昼を食べて、放課後になって一緒に帰る。そんな、当たり前になっていたただの平日。

それならそれでいいなぁ、と思ったんだけど。

やっぱり違うんだと安易な逃避を許さなかったのは、マイが見送ってきたからだ。

「珍しい」

「眠いのを我慢して見送ってあげてる妹様になんて言い草だ。もっとありがとう妹大好きちゅっちゅってしてていいんだぞ？」

「きしょい」

辛辣《しんらつ》ぅとケラケラ笑う。

昨日までは見送りなんてせず、僕たちが登校しても部屋で寝ていたのに、どういう風の吹き回しだろう。その格好も、これがファッションとでもいうのか無い胸を張るように立ち、両腕両足を冷え込んできた外気に晒《さら》した私服姿だった。

もう十一月だというのに、ノースリーブのブラウスで、肉付きの薄い太ももを晒す短いスカートは見ているだけで寒さが伝播《でんぱ》してくる。

ただ、格好はなんであろうとどうでもよくって。そもそも、朝から身支度を整えているのが珍しかった。

だから、やっぱり今日はなにか違うんだなと、マイの姿を見て思う。

「帰るの？」

「家に居るけど？」

そういうことじゃねぇよと目を細めると、あははっと快活に笑う。

「どうでしょ。どうだろ。気分次第だけど、まぁ……」

桜色の瞳《ひとみ》。その視線が僕を通り過ぎて、後ろで待っている鎖錠さんに向かった気がした。

「どうなるかは見届けようかなぁって、ねぇ？」

「……ん」

意味深に目を細められ、鼻を鳴らす。

マイに鎖錠さんの事情については説明していないのだけど、なにかあるとは察している

らしい。まぁ、二ヶ月近くも一緒に暮らせば、話さなくても察せるものがあるのだろう。

能天気なように見えて、頭は良く、人の感情にも敏感な妹だ。察しも良い。

やっぱり兄妹《きょうだい》なのに似てないなと内心苦笑する。

「それが、学校にも行かないで、こっちに残ってた理由？」

両親の下に帰らず、二ヶ月も家に籠《こ》もる。

時々、外に出ているようだったけれど、見ている限りは怠惰に、好き勝手に過ごしてい

た。一処に留まるのが嫌いな妹らしからぬ行動だ。その理由がこれかと尋ねてみると、桜

色の瞳を丸くした。きょとんっと、なにを言っているのかと言うように。

「学校、行ってたよ？」

「………は？」

いや、なに言ってるの？

「だって、お前、学校は今北海道で……」

「週に一回かそこらだけど、顔ぐらい出してたって」

東京から北海道って、飛行機で二時間なんだよと平然と言うマイに言葉もない。馬鹿なのかと思うが、妹にとってその程度なのだろう。僕にとっては大移動でも、マイにとってはちょっと出かけてくるぐらい。

「交通費は？」

「パパン」

ブイッとピースサイン。頭が痛くなる。

娘にばかり甘すぎではなかろうか、うちの父親は。そんなことにお金を使うぐらいなら、僕の小遣いを増やしてほしい。いや、一人暮らしを許してくれてる時点で十分な費用は出してくれてるんだけど、納得できん。

むーっとぶすくれると、ニヒヒッと歯並びの良い白い歯を見せる。

「それに、わたしが残ってないと困ったでしょ？」

「……ありがたくはあったけど」

母さんとの約束のことを言っているのは直《す》ぐにわかった。そもそも、鎖錠さんを泊まらせるのをこうも簡単に許してくれたのは、マイの口添えがあったからだろう。

マイの言うように帰られてたら、確かに困っていた。ただ、

「その時はその時だ。土下座してでもお願いしたよ。妹の学校生活を奪ってまで、楽しようとは思わない」

「……へぇ」

「なんだよ？」

感心……というには、ジロジロとした視線。不機嫌を顕《あらわ》に声を低くして咎《とが》めると、「いやぁ」と含むところ一杯な笑みを向けてきた。

「兄さんも成長したんだねーって、思っただけ。これも義姉さんのおかげかなぁ」

「なにがだよ」

「べっつにー」

思わせぶりに言うだけ言って、「じゃ、行ってらっしゃい」と玄関ドアの内側に隠れる。

甘えてきたと思えば、直ぐにこれだ。やっぱり妹というのは生意気だなと思う。

それとも、マイなりに緊張をやわらげようとしたのか？　思ったけど、ないなと直ぐにその考えを放棄する。そんな殊勝な妹じゃない。

頭をかく。登校する前から、なんだかやるせない気持ちになってしまった。心労で重たくなった肩を下げて体の向きを反転させ、

「三者面談、頑張ってね。兄さん」

耳に届く。同時に、鍵《かぎ》の閉まる音がした。

振り返ったが、元から誰もいなかったように玄関ドアは閉まっている。数秒、ドアを見つめてから、正面を向く。

「雨降る？」

「快晴」

鎖錠さんの冷めた言葉にそだねと返す。

雲のない秋晴れ。肩が少しだけ、軽くなった気がした。

side. 日向マイ

見送って、玄関ドアを閉じる。

鍵を閉める音がやけに響いて、自分で閉めたのにまるで閉じ込められたようだった。外は明るいけど、明かりの灯っていない玄関は薄暗く、心を上から押《お》し潰《つぶ》すような重さがあった。

「アンニュイ」

口にしてみるけど、我ながら嘘っぽいなと思う。軽いというか、本気じゃないというか。兄さんに言ったら、疲れと呆《あき》れを合わせたような半眼を向けられそうだと小さな笑いが込み上げてくる。

「結局、こうなるよねぇ」

玄関ドアに背中をくっつけて、ずるずる滑り落ちていく。

屈んで、膝を抱えて。

膝と胸の間に、少しだけできた空間に顔を埋《うず》める。真っ暗だ。けど、暗がりに怯《おび》える子供ではない。むしろ、今はその暗さが丁度よかった。

『駄目』

兄さんと義姉さんの同居をお願いした時の、取り付く島もないお母さんの声が聞こえる。思い出す。兄さんには簡単に許可が下りたように言ってみたけど、お母さんはわたしと違って常識的なので、その辺りしっかりしていた。

『ダメ？』

『むしろなんで許可が下りると思ったの？　いくらお隣さんだからって、見知らぬ女の子を家に引っ越しさせるなんて。そもそも、泊めてる時点で……あの子はヘタレだからそういう心配はしてなかったのに』

義姉さんと初めて会った日。義姉さんの家の廊下で、お母さんの頭の痛そうな声がスマホから聞こえてきた。実の母親にヘタレと思われてる兄さん面白いなぁと『あはは』と笑ったら、『なにがおかしいの？』と叱責が飛んできた。電話越しなのに、ギロリと睨《にら》まれたようだった。怖いなー。

『うんうんそうだね。保護者の許可も取ってないみたいだしねー』

『……頭痛い』

お母さんが頭痛を訴える。本当に頭が痛くなっているようだ。

『リヒトはいるの？　代わって』

『いないよ』

義姉さん家《ち》だし。平日だし。

多分、今頃は学校で頭を抱えているんじゃなかろうか。簡単に想像できてまた笑う。

『そう……そうね。学校よね。……いや、それならマイが登校していないのも問題なのだけど』

『それはまぁ置いといて』

どうでもいいことだった。くしゃっと丸めて脳内ゴミ箱にぽいっとする。

なにやらもの言いたげな沈黙が挟まったけど、長年わたしの母親をやっているだけあってそこは柔軟だ。諦《あきら》めているだけかもしれないけど、ここは柔軟としておく。わたしにいくら言ったところで、意見を変えるつもりがないのをよく理解しているのだろう。流石《さすが》、わたしのママである。

『……平然としてるけど、帰ってきたらお説教の一つや十は覚悟しておきなさい』

『諦めててほしかったなぁ』

『母親だもの』

……うん。それは、嬉《うれ》しい。

『だから、リヒトのことも――』

『お願い、お母さん』

言う。余裕とか、笑いとか、そういう取り繕っているモノを全部取り払ってお願いする。真剣な声を意識して出すんじゃなくて、結果的に真剣な声になる。

『わたしがこっちにいる間だけでもいいから。だから、兄さんとヒトリさんが一緒に暮らすのを許して』

『………』

息を吸う音が微《かす》かに聞こえてきた。考えているのが、息遣いからわかる。

生来、緊張なんて無縁なのだけど、この時ばかりは僅《わず》かな息苦しさを覚えた。あぁ、緊張ってこういうのなんだなって、後になって理解した。

『……どうして？』

長く感じた沈黙の後に出てきたのは疑問だった。

笑って、適当に誤魔化すことはできた。嘘は吐《つ》かなくても、はぐらかす言葉なんていくらでも吐ける。けど、わたしを心配してくれているお母さんに不誠実を貫けるほど、わたしはズレていなかった。

だから、吐露する。

『怖いの。だから、確かめたい』

——大好きな兄さんをわたしから奪っていく人かどうか。

けど、そこまで声にすることはできなかった。喉《のど》に蓋《ふた》をしたようになにかが堰《せ》き止めて、音にならない。声が震える。目の端がじんわり濡《ぬ》れているのがわかる。

『お願い……お母さん』

結局、どうにか絞り出せたのは陳腐な願いの言葉だけ。

あぁ、駄目だなって。

思ったけれど、この時のお母さんは『……そう』と言うだけで、わたしの言葉を否定しなかった。

よく『なにを考えてるのかわからない子』と言われる。お母さんにもちょくちょく言われるけど。

お見通しだったんだなって思う。

黒髪と銀髪。黒と桜の瞳《ひとみ》。

昔から似てない母娘だったけど、この時ばかりはお母さんなんだなって。血ではなく、ただただそうなんだって、すとんっと胸に落ちてきた。

「敵《かな》わないなぁ」

玄関の前で、蹲《うずくま》ったまま零《こぼ》す。

「敵わなかったなぁ」

■■

地獄というのは、存外近くにあるものかもしれない。

天国と地獄という、死生観とか主の教えとかそういうものではなく、現実に確かに存在するもの。けれど、それはＳＮＳとか動画とか、どこか遠い場所にあるもので、身近で発生するモノとは思っていなかった。

物語の中。もっと解像度を上げるなら、昼にやっている奥様向けのドラマの中ぐらいにしかないものだと、そう思っていた。

「「「…………」」」

……いたかったなぁ。

十一月にもなると、四時を過ぎれば陽は茜《あかね》に染め上げられていく。教室の窓から見える空は、茜と濃浅葱《こいあさぎ》のグラデーション。丸かった陽は住宅の陰に埋もれ始めて、半円を描いている。

教室の中央に並んだ四つの机。四つの椅子。

向かい合うようにくっついた席の一角で、僕は肘《ひじ》を突いて窓が切り取る冬の夕暮れをぼーっと眺めていた。ほとんどの机が教室の後ろに詰められた室内は、三者面談があるとわかっているからか、いつもとは違う空気に満ち満ちている。

厳かで、息をするのも躊躇《ためら》われるような空気。

神聖なと表現すれば聞こえはいいけれど、実際のところはただ慣れないだけだろう。いつもとは違う教室に。家族や友人の違う側面を見たようなそんな──

「(ちょっと！　なに黄昏《たそがれ》た雰囲気を出して現実逃避してるのっ!?　この空気どうにかしてくれないかしらっ!?)」

「(むりぃ)」

──黄昏や憂いといった倦怠《けんたい》とは関係なく、ただただ空気が重かった。

こういうのを修羅場って言うのかなと、隣に並んで座る先生の言葉を無視して、正面と斜め前に座る双子のように似通った二人の女性を窺《うかが》う。

先ほどの僕と同じように窓の外を見て、なにを考えているのかわからない感情の薄い顔をしている鎖錠さん。

隣に並んで座るのは、スーツと化粧で保護者として装いつつも、僅かに背を向けて見向きもしない娘にしきりに目線を向ける鎖錠さん母。

三者面談に順番で呼ばれ、席に着いてからというもの無言のやり取りが続いていた。空気を痛いと感じたのは初めてかもしれない。

小さな棘《とげ》が雨のように降る。痛みが肌に刺さる。

そもそも、場違い感が凄《すご》くて居心地が悪い。鎖錠さんに『付いて来て』と言われて、なぜか先生と並んで座っているのだけど、僕は一体どういう立ち位置なのだろうか。

「(そもそもなんでいるの?)」

「(帰ります)」

引き攣《つ》った笑みを浮かべたまま、行かないでぇと机の下で制服の裾《すそ》を掴《つか》まれる。虚ろな瞳が端に寄って、茜色《あかねいろ》の夕焼けを反射させながら僕を射止める。突いていた肘を浮かし、姿勢を整える。ぺしぺしと先生の手を払っておく。

まさか、先生が縋《すが》りついて言ってきた『一緒にいるだけ』というのが、こうして実現するとは思わなかった。

今直ぐにでも踵《きびす》を返して帰りたかったが、鎖錠さん母娘の対面を根回しした僕が逃げるわけにはいかない。それに、もし僕がいなくなれば、今はギリギリ保っている先生のできる大人の仮面も泣きっ面に変わってしまう。

そんなことになれば、鎖錠さん母娘が話すどころではなくなる。教室の空気を吸って重くなった肺を潰すように絞る。吐き出す。居続ける覚悟を決める。

ただ、僕が話すことはない。

視線を鎖錠さんの隣に流す。鎖錠さんとは違い、光のある黒い瞳を捉《とら》える。

鎖錠さん母は仰《の》け反《ぞ》るように後ろに下がったけれど、紅色の下唇を浅く噛《か》み、小さく頷《うなず》いてみせた。腰を浮かし、椅子を回す。横目に見るのではなく、正面から向かい合う。

「……久しぶり、ね？　元気、……だった？」

「……」

鎖錠さんは答えない。体を正面、僕に向けたまま、窓の外に視線を投げ続ける。

泣きそうにくしゃりと顔を歪《ゆが》める。頭を押さえつけられたように俯《うつむ》いた。

「うん。元気、だったよね。お母さんといるよりもずっと。わかってる」

けれど、気丈に顔を上げて健気に笑う。見ているだけの僕の方が、じくじくと胸を刺されるようだった。

どうしてか。鎖錠さん母が話す姿は、まだ塞《ふさ》がり切っていない傷口を広げているように見えた。

「私のせいでヒトリを追い詰めてた。わかってたのに、どうしようもなくって。出て行っちゃうのも、無理ないって思っているわ。

勝手に出ていって、なんて。

責めるつもりはないわ。……そんな権利があるはずないもの。

わかってる。

これが、言い訳で、浅ましくも許してほしいと思って口にしているのは。わかってる。

わかってるの……っ」

嗚咽《おえつ》が交じる。

「けど、もう一度だけ。後、一回だけ……やり直す機会をくれないかしら？

もう家にお客さんも、男の人も呼ばないわ。

仕事も辞める。お金は……どうにかする。困らせないように頑張るから。

だからっ」

溜《た》まった涙が溢《あふ》れる。頬を伝って、雫《しずく》となって落ちた。

「……また、一緒に暮らしてっ」

縋るように震える手を伸ばして、指先で鎖錠さんの腕に触れる。

置いていかないでと、一緒にいてと泣く姿は酷く胸を打つ。ただ、それだけじゃなくって。

その涙を流す顔を、縋る姿を僕は知っていて。あぁ、やっぱり母娘なんだと水の膜を張って波打つ黒い瞳を見て感じ入る。

「……ふぅ」

ため息にも聞こえる吐息に、鎖錠さん母の体《からだ》がびくりっと震える。

窓の外に向けていた瞳が、僕を向く。

なに？　唇を結んで首を傾《かし》げると、鎖錠さんは瞳の動きに合わせて体の向きを変えた。

振り返る。膝《ひざ》を突き合わせる。母娘を思わせる黒い瞳の視線が重なった。

鎖錠さんは薄い唇を開き、小さく息を零す。そのまま、吐く息が音になる。


――もう、一緒に暮らすつもりはない――


それは断頭台の刃のように冷たく、鎖錠さんの母親の首に落ちた。

涙でぐしゃぐしゃになった顔をどうにか持ち上げて、「……そう、よね」とどうにか声を発した。それは掠《かす》れていて、ほとんど声になんてなっていなかったけれど、それでも、ちゃんと耳に届いた。

これで終わりだと、ちゃんと区切りをつけるように。

未練なんてないのだと、相手を心配させないように鎖錠さん母は笑ってみせる。その笑顔は泣き笑いで、歪《いびつ》で、硬くって。とても、笑っているようには見えなかったのに、それでも、笑顔なんだなって思わせる顔をしていた。

「……うん。そっか。なら、しょうがないわよね」

涙は止まらない。一度切れた紐《ひも》は、断面を合わせたところでくっつきはしない。

「ごめんなさい」

「あ、あの」

謝って、席を立つ。ふらつきながら、立ち去ろうとする鎖錠さん母を先生は呼び止めようとするけど、留めるための言葉は見つからないようだった。

僕だってそうだ。痛いほどに唇に歯を立てる。

こうなる可能性が高い。そう思っていたのに、この場を設けた。

結果が変わらなくっても、過程が大事だと、そう思ったから。そして、ちゃんと彼女の想いを伝えるべきだと思ったから。

――ごめんなさい、と。

喫茶店で、鎖錠さんとの同居をお願いしたら断られた。どうして、と心に浮いた疑問は次の言葉で直ぐに解消した。

『もう一度だけ、ヒトリと一緒に暮らしたいから』

だって、と。

『私は娘を――ヒトリを愛していたから』

だから会わせてほしい。そう口にする彼女は母親の顔をしていて、語る言葉に嘘はないんだと思わされた。

どうして、なんて疑問は霧散する。

むしろ当たり前過ぎる切なる願いで、とてもではないけど『鎖錠さんと同居をさせてください』と言い募ることはできなかった。

だけど、この時の僕は会わせるとは即答できなかった。

鎖錠さんと離れたくなかった。それもないとは言えない。けど、一番はこうなることがわかっていたから。

『もし離れるなら、せめて言葉にしてほしいって、わたしはそう思う』

マイと話して、辛くても別れは必要だって知った。結果は変わらなくっても、必要な過程を省いてはいけないのだと。

けど、本当にこれでよかったのか。

悩む。娘に拒絶されて、泣くほど辛くって、惨めな思いだけを傷のようにこれからずっと抱える。それで本当に――

「……お母さん」

「――――……っ」

教室を出ようとしていた鎖錠さん母の足が止まる。

足から震えが全身に広がって、鎖錠さんとは違う長い髪が揺れた。鎖錠さん母が振り向く。全身から力が抜けて、肩がなくなったように垂れている。

え……と驚いたように零して、目を丸くして。

見つめる先を、同じように驚いた僕は目で追いかけた。その先には、変わらず無表情のまま、だけど、確かに『お母さん』と呼び止めた鎖錠さんが座っていた。

陽は沈んだ。暗く、広がる闇の中にあって、一際黒い宝石が瞬く。

「……ここまで育ててくれてありがとう――おかげでリヒトに会えた」

笑いはしない。

感情はなく、ただただ淡々と告げられた言葉だった。それは、夜空に浮かぶ月のように冷たかったけれど、

「……、うんっ」

きっと、彼女には十分過ぎる返答だった。

「私こそ、こんなに大きくなってくれてありがとう……っ」

唇を噛んで、必死に嗚咽を堪《こら》えて。

ぐしぐしと袖《そで》で涙を拭《ぬぐ》った顔は化粧が乱れて酷かったけれど、今まで見た中で一番、幸せそうに笑っていた。

エピローグ　ダウナー系美少女が笑ったら

校門を抜けた時には、辺りはすっかり暗くなっていた。

振り向けば、校舎も暗い。明かりの点いている教室なんて数えるほど。ただ、職員室だけは一際明るく、ご苦労さまですと頭を下げたくなる。なので、会釈をする。

と、数歩先を歩いていた鎖錠さんが振り返ってきた。

「なに、それ」

「いや……先生お疲れ様って」

「そ」

興味なさそうだった。いいけど。とはいえ、本当にお疲れ様である。というか、今回ばかりは申し訳なく思っている。先生に関しては完全にとばっちりで、教室を出る際『私、なにかした……？』と瞼《まぶた》を震わせていたのが忘れられないでいた。心の中で、ごめんなさいと謝っておく。

「リヒト」

「はい」

呼ばれて、並ぶ。まるで、散歩で動こうとしない飼い犬を引っ張るようだなと思ったが、口には出さないでおく。言ったら、肯定されそうで嫌だったから。

ガードレールに沿って、鎖錠さんと並んで歩く。木枯らしが吹く。舞った枯れ葉が飛んできて、踏み出した足の裏でくしゃりと乾いた音を立てて潰《つぶ》れた。

なにも言わず、淡々と帰路を歩く。夜だからか、それとも秋も終わりが見えているからか。寂寞《じゃくまく》とした空気が風と一緒に流れていた。

隣を歩く鎖錠さんをちらりと窺《うかが》う。その横顔は秋夜《しゅうや》によく映えて、冷たくも美しい顔立ちだった。太陽よりも、月光が似合う怜悧《れいり》さがあった。でも、熱のない表情からは感情が見えにくい。今、なにを思っているのか、その横顔からは判断できなかった。

今年も残すは後二ヶ月を切った。

鎖錠さんとの付き合いも半年近くなって、泣いたり、笑ったり、色んな顔を見て。付き合いの長さはクラスメートにすら負けるけど、濃密さだけで言えば家族に近いぐらいで。

少しはその無表情から考えることが読み取れるようになってきたと自負していたけれど、

やっぱりまだまだ、わからないことばかりだった。

言葉にしないと伝わらない。

……なんて、随分と擦られ、使い古された名言だけど、それは真実で。だから、知りたいのなら、訊《き》くしかなかった。

口を開く。冷たい空気が舌に触れた。

「本当によかったの？」

尋ねると、足が止まった。僕も歩くのをやめる。

前を向いていた黒い月が横を向く。月明かりに照らされて、黒い月の表面に僕が映し出される。

「いい」

冷たく言う。そこに哀切はない。

ただ二文字。事実だけを口にした。そんな印象だった。

「でも、さ」

「いいの」言葉が重なる。「いいの……」

一歩、寄ってきて、こつんっと額を肩に当ててくる。重さは感じなくって、コートの上から感触だけが伝わってきた。

まるで、それ以上なにも言うなというように、頭で肩を叩《たた》く。

「……今度は、もうない」

独り言のような囁《ささや》きは、風に攫《さら》われて掻《か》き消える。けど、僕の耳には確かに届いて、やるせなさで口から白い息が溢《あふ》れた。

あぁ、それは絶縁の言葉だ。

ジョキン、ジョキン、と。

どこからか、鋏《はさみ》で切る幻聴が聞こえてくる。血という名の縁が断ち切られる音を、僕は確かに聞いてしまった。

それは寂しく、悲しいことなのに。

ほっとしている自分がいて嫌になる。浅ましさが浮き彫りになって、己の小ささを酷く実感してしまう。

「そんな顔しないで」

ふと見れば、鎖錠さんは顔を上げていた。

手を伸ばしてくる。頬に触れる。それは氷のように冷たく、初雪のように繊細で、柔らかかった。心臓が大きな音を一つ鳴らす。

「……私とリヒトは違うけど」

そっと、頰に添えられた手が動く。彼女の親指の爪がつーっと首を切るように薄皮を撫《な》でてきた。

「夏の終わり。リヒトが家族よりも私を選んでくれたように、私もリヒトを選んだ。壊れて、空っぽになった私の中を満たしてくれたのは貴方《あなた》」

だから、と鎖錠さんは光のない、深い暗闇にも似た瞳《ひとみ》を細める。

「リヒトさえいればいい。リヒトさえいれば……他にはなにもいらない」

必要は——ない。

ぎこちなく、けれど子供のように無邪気に笑う鎖錠さんの言葉。

それは愛の告白にも似ていて、嬉《うれ》しいはずなのに。どうしてだろうか。心臓を氷の手で触れられたように、ぞっと、冷たいなにかが背筋を走った気がした——。

あとがき

自分の小説が本になる——なんて。

まさか、この書き出しを二回も書くことになるとは思っていませんでした。びっくりです。ななよ廻《めぐ》るです。

二巻は出ないのでしょうか？　と、そんなコメントをちらほら目にしていたので、こうして続けられて嬉《うれ》しい限り。出ましたよ～読んでくださいね～。

で、困った。あとがきで書く話がないぞ？

今作というか、ダウナー系についてはだいたい前回のあとがきで語ってしまいました。はっちゃけてましたね？　と言われるぐらいには書きました。あれでも書籍という公共の場なので自重していたんですよ？

なので、語り足りなかった分をここでまた語ってもいいんですが、怒られそうなのでやめておきます。

代わりにメイドさんの話をします。

私の書く作品にはだいたいメイドさんが登場します。させます。強引だろうがなんだろうが、とりあえずメイドさんさえ出せればいいのです。なぜか？　可愛いからです。

メイド服のデザインもいいんですが、上品かつ主人には献身的に尽くすという在り方が好きなんですよね。綺麗《きれい》なカーテシーもまたいいのなんのって……と、これ以上語ると『あとがきはあなたの性癖を語る場じゃないんですよ？』と冷めた目を向けられそうなので自重しておきましょう。

とまぁ、そんな理由からメイド鎖錠さんが生まれたわけです。イラストを見て、我ながらいい仕事をしたなと自画自賛しております。黒髪メイドもよき。メイドさんならなんでもいいのか、というツッコミはなしでお願いします。


では最後に。

『玄関前で顔の良すぎるダウナー系美少女を拾ったら2』の出版に関わっていただきました皆様、本当にありがとうございます。

40原《しまはら》先生におかれましてはお忙しい中、すてきなイラストを手掛けていただき感謝の念に堪えません。

担当編集様には最初から最後までお力添えいただきました。ありがとうございます。

そして、こうして二巻を出すことができたのは、Ｗｅｂ版や一巻から応援してくださっている皆様のおかげです。本当にありがとうございます。

またどこかで皆様とお会いできることを祈りつつ、今回はこれで締めさせていただきます。

玄関前《げんかんまえ》で顔《かお》の良《よ》すぎるダウナー系美少女《けいびしょうじょ》を拾《ひろ》ったら2

著　ななよ廻《めぐ》る

角川スニーカー文庫　24118
2024年7月1日　初版発行

発行者　山下直久
発　行　株式会社KADOKAWA
〒102-8177 東京都千代田区富士見2-13-3
電話　0570-002-301（ナビダイヤル）
印刷所　株式会社暁印刷
製本所　本間製本株式会社

※本書の無断複製（コピー、スキャン、デジタル化等）並びに無断複製物の譲渡および配信は、著作権法上での例外を除き禁じられています。また、本書を代行業者等の第三者に依頼して複製する行為は、たとえ個人や家庭内での利用であっても一切認められておりません。

※定価はカバーに表示してあります。

●お問い合わせ
https://www.kadokawa.co.jp/（「お問い合わせ」へお進みください）
※内容によっては、お答えできない場合があります。
※サポートは日本国内のみとさせていただきます。
※Japanese text only

©Nanayomeguru, 40hara 2024
Printed in Japan　ISBN 978-4-04-114778-8　C0193

★ご意見、ご感想をお送りください★
〒102-8177 東京都千代田区富士見 2-13-3
株式会社KADOKAWA　角川スニーカー文庫編集部気付
「ななよ廻る」先生「４０原」先生

読者アンケート実施中!!

ご回答いただいた方の中から抽選で毎月10名様に「図書カードNEXTネットギフト1000円分」をプレゼント!
■ 二次元コードもしくはURLよりアクセスし、パスワードを入力してご回答ください。
https://kdq.jp/sneaker　パスワード　**5ejsy**
●注意事項
※当選者の発表は賞品の発送をもって代えさせていただきます。※アンケートにご回答いただける期間は、対象商品の初版(第1刷)発行日より1年間です。※アンケートプレゼントは、都合により予告なく中止または内容が変更されることがあります。※一部対応していない機種があります。※本アンケートに関連して発生する通信費はお客様のご負担になります。

[スニーカー文庫公式サイト] ザ・スニーカーWEB　https://sneakerbunko.jp/

角川文庫発刊に際して

角川源義

　第二次世界大戦の敗北は、軍事力の敗北であった以上に、私たちの若い文化力の敗退であった。私たちの文化が戦争に対して如何に無力であり、単なるあだ花に過ぎなかったかを、私たちは身を以て体験し痛感した。西洋近代文化の摂取にとって、明治以後八十年の歳月は決して短かすぎたとは言えない。にもかかわらず、近代文化の伝統を確立し、自由な批判と柔軟な良識に富む文化層として自らを形成することに私たちは失敗して来た。そしてこれは、各層への文化の普及滲透を任務とする出版人の責任でもあった。

　一九四五年以来、私たちは再び振出しに戻り、第一歩から踏み出すことを余儀なくされた。これは大きな不幸ではあるが、反面、これまでの混沌・未熟・歪曲の中にあった我が国の文化に秩序と確たる基礎を齎らすためには絶好の機会でもある。角川書店は、このような祖国の文化的危機にあたり、微力をも顧みず再建の礎石たるべき抱負と決意とをもって出発したが、ここに創立以来の念願を果すべく角川文庫を発刊する。これまで刊行されたあらゆる全集叢書文庫類の長所と短所とを検討し、古今東西の不朽の典籍を、良心的編集のもとに、廉価に、そして書架にふさわしい美本として、多くのひとびとに提供しようとする。しかし私たちは徒らに百科全書的な知識のジレッタントを作ることを目的とせず、あくまで祖国の文化に秩序と再建への道を示し、この文庫を角川書店の栄ある事業として、今後永久に継続発展せしめ、学芸と教養との殿堂として大成せんことを期したい。多くの読書子の愛情ある忠言と支持とによって、この希望と抱負とを完遂せしめられんことを願う。

一九四九年五月三日

時々ボソッと
ロシア語でデレる
隣のアーリャさん
Милашка❤
燦々SUN
イラストももこ
story by sun sun sun
Illustration by momoco
ただし、彼女は俺が
ロシア語わかる
ことを知らない。
特設
サイトは
▼こちら!▼
スニーカー文庫

「私は脇役だからさ」と言って笑う
そんなキミが1番かわいい。
クラスで2番目に可愛い女の子と友だちになった
たかた [イラスト] 日向あずり
第6回 カクヨム Web小説コンテスト 特別賞 ラブコメ部門
『クラスで2番目に可愛い』と噂の朝凪さん。No.1人気の天海さんにも頼られるしっかり者の彼女は……金曜日の放課後だけ、俺の家に遊びに来る。本当は無邪気で甘えたがり。素顔で過ごす、二人だけの時間。
スニーカー文庫

みょん Illust.ぎうにう
男嫌いな美人姉妹を
名前も告げずに助けたら
一体どうなる？
1巻
発売後
即重版！
早く私たちに
溺れればいいのに
——濃密すぎる純情ラブコメ開幕。
学年一の美人姉妹を正体を隠して助けただけなのに「あなたに隷属したい」「君の遺伝子頂戴？」……どうしてこうなったんだ？　でも“男嫌い”なはずの姉妹が俺だけに向ける愛は身を委ねたくなるほどに甘く——!?
スニーカー文庫

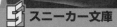

静かに過ごしたいのに、
なぜか《S級美女》と
学園ハーレム
ラブコメに!?

なぜかS級美女達の話題に俺があがる件

脇岡こなつ
ill. magako

《S級美女》と呼ばれる女子高生・姫川沙羅、小日向凛、高森結奈。彼女たちが噂しているイケメンは学校一地味な俺!? 静かな高校生活を送るため、彼女たちに嫌われようと動くのだが全てが裏目に出てしまい……。

スニーカー文庫

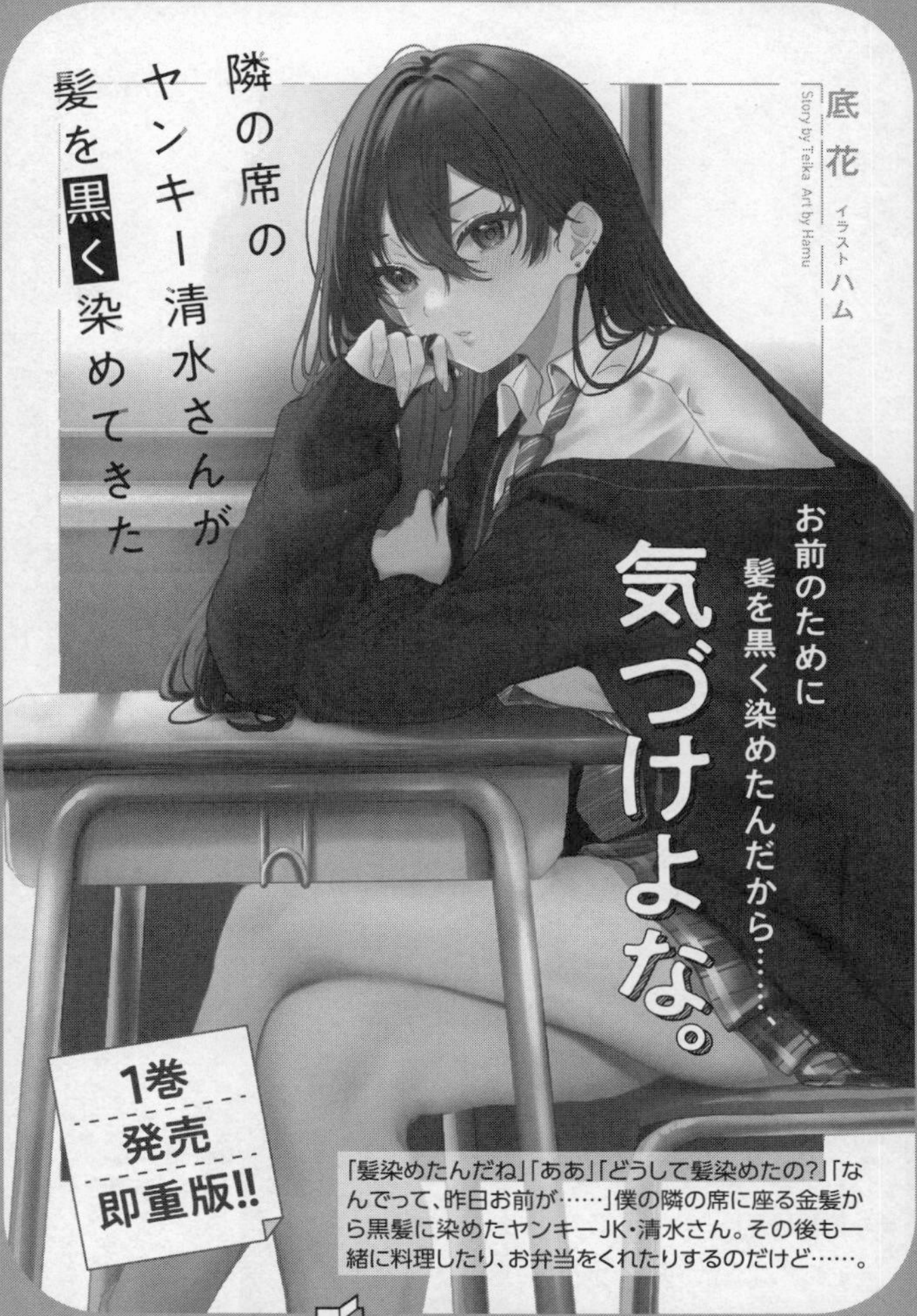
隣の席のヤンキー清水さんが髪を黒く染めてきた
底花 イラスト ハム
Story by Teika Art by Hamu
お前のために
髪を黒く染めたんだから……
気づけよな。
1巻発売即重版!!
「髪染めたんだね」「ああ」「どうして髪染めたの?」「なんでって、昨日お前が……」僕の隣の席に座る金髪から黒髪に染めたヤンキーJK・清水さん。その後も一緒に料理したり、お弁当をくれたりするのだけど……。
スニーカー文庫

きみの紡ぐ物語で
世界を変えよう。
第30回
スニーカー大賞
作品募集中!
大賞 300万円
+コミカライズ確約
金賞 100万円 銀賞 50万円 特別賞 10万円
締切必達!
前期締切
2024年3月末日
後期締切
2024年9月末日
詳細は
ザスニWEBへ
https://kdq.jp/s-award
イラスト/カカオ・ランタン